走在山海河間的沉思

李偉文

目錄

卷二 因為山在那裡

卷三　我不敢做個「熱愛大自然的人」

卷五　我的心我的眼，看見台灣

自序

噢！你也在這裡嗎？

——「走在山海河間的沉思」

曾經跟一些多年不見的老同學聚會時，他們有點好奇地問：「荒野好像跟其他的環保團體不太一樣，我們很怕跟那些所謂的環保人士在一起，他們往往挑剔我們所吃所穿所用的一切，總是讓我們充滿了罪惡感！」想想的確，荒野在推動環境保護過程中，幾乎不曾高舉道德訴求給民眾壓力，因為我知道每個人的因緣不同，時機未到時，勉強也沒有用。

記得有一句美國成語說：「When the penny drops」，當硬幣掉下來，大概是指自動販賣機的投幣孔，我們投的硬幣掉入機器中時，我們想要的東西就自然會出現。佛家有這種說法：「遇緣則有師」，在日常生活中，我們能看見的事物，都是我們關心或是正在尋找的，因此大智慧的佛陀在說法時非常重視契機，也善用種種方便法門來渡引大眾。

但是這一句話我們也可以從另一個角度來看，就算是一個非常厲害的老師，講得再有道理，但是若聽的人不關心不在乎，也只會是左耳進右耳出，完全沒有用。反過來說，只要學生準備好了，老師就會出現，任何一花一草，一貓一狗，一陣風一首歌，也都可能帶來生命的啟示，改變我們的價值觀，世間的萬事萬物都可以是我們的老師。

張愛玲曾經就「愛情」這個主題，寫過一段膾炙人口的文章：「於千萬人之中遇見你所遇見的人，於千萬年之中時間的無涯的荒野裡，沒有早一步，也沒有晚一步，剛巧趕上了，那也沒有別的話可說，惟有輕輕地問一聲：噢，你也在這裡嗎？」

也常想到一句成語：「水到渠成」，年紀愈長，愈不敢自詡是那挖渠或灌水的人，反而能滿懷感激地看著冥冥中的上蒼來做收成者。因此愈覺得張愛玲這段話不只是描述愛情，人世間所有該成就的、該護念的，人與人之間人與環境之間的互動不也是如此嗎？

荒野保護協會在一九九四年以我的診所當辦公室開始籌備，一九九五年正式成立，至今也二十五年，期間有成千上萬名志工以無比的熱情，不為名不為利，奉獻了幾乎工作之餘的全部時間，守護我們賴以生存發展的自然環境，他們雖然對社會已付出遠遠超過該盡的公民責任，但是我覺得這些都是幸福的人。

除了來自生命價值與生命意義的展現之外，走在自然荒野中，仰視宇宙之大，俯察品類之盛，為這神奇奧祕的大自然讚歎之餘，也能帶給心靈深深的喜悅與感動。

這本書是我這些年走在山海河間的感想，也邀請你與我們一起走進美好的大自然，與荒野同行。

李偉文

二〇一九年十月十六日

卷一 與綠蠵龜共游

傳說中的雲豹重現蹤影？

二〇一九年春節前後，從南部傳來一個好消息：「在阿塱壹森林發現雲豹蹤影！」台東縣達仁鄉阿塱壹部落附近的巡守人員，共有三組人（每次巡守至少二人一組）在不同的時候看到雲豹，有二組目睹雲豹從樹上撲向峭壁的山羊，另一組更是遇到雲豹從機車前跑過，然後很快爬到樹上不見蹤影。

雖然這還需要更精確的調查才能證實雲豹沒有從台灣滅絕，但是消息傳來還是令人振奮，畢竟這是三十多年來較為明確的目睹紀錄，因為最後一筆野外的雲豹紀錄是一九八三年由東海大學環科中心的張萬福研究員，在原住民獵人的陷阱中發現一隻已經死亡的幼豹。

在一九九〇年前後，國內外學者曾經進行大規模的調查，在最可能還有雲豹的大武山自然保留區設置了二千多個紅外線照相機，結果在長達數年的監測中，完全沒有發現雲豹的蹤影，自此，大家都認為雲豹應該是在台灣消失了。

不過雖然沒有正式的發現紀錄，但是在民間口耳相傳中，尤其自稱是雲豹傳人的魯凱族，總不忍放棄對牠的想望，至今還是有不死心的學者與原住民，不斷入山追尋牠的蹤跡。還有一線希望的原因是，雲豹善於躲藏，以樹為家，不常留下足跡，即便在確定有雲豹的其他國家做調查，連續好幾個月找不到牠也是很正常的情況。

台灣雲豹分布在海拔一千多公尺的森林，因為不喜歡溼冷的環境，所以在台灣北部山區從來沒有發現過的紀錄。牠是標準的肉食動物，除了台灣黑熊外，幾乎台灣所有野生動物都是牠們獵食的對象，不管是小型的松鼠、野兔、鼠，乃至較大的山羌、山羊、山豬，甚至台灣獼猴、水鹿，都逃不出牠們的掌心。

台灣雲豹與分布在喜馬拉雅山東南部，從中國大陸、印度、泰國到印尼都有的雲豹很類似，尾巴短一點，是台灣特有的亞種。不過雲豹雖然有個豹的名字，但是跟豹一點關係也沒有，牠屬於貓科，是介於大型貓科動物，如獅子、老虎及小型的貓科動物，如石虎或家貓之間。這之間不只是指體型，而是牠的習性有的像老虎，有的又像家貓。

比如說牠像獅子老虎，不會用前爪理毛梳洗，睡覺時也不像小貓般縮蜷四肢，而是前腳會向前伸；但是牠不像獅虎般會吼叫，而且瞳孔收縮時像小貓會成紡錘狀，大型貓科的瞳孔跟人一樣，收縮時從大圓狀縮成小圓粒。

想到台灣還有這種動作優雅的大型獵食動物就令人興奮，而且這種位屬食物鏈中，生態位階最高的生物還存活著，表示整個生態系還算完整。

不過也有學者抱持悲觀的態度，因為這麼多年的調查與追蹤，都沒有發現明確的存在證據，表示即便真的有，數量也是非常稀少，而一個物種要健康地繁衍，需要有一定的最低族群數，以確保基因的多樣性，若是個體少於一定的數量，那麼即便偶爾可以見到一些個體，但是也等於絕種了。

這個最低族群的數量是多少，依不同的物種而異，但大致來說，至少野外自然存活的族群也要上百隻才足夠。

不過，台灣從中央山脈到大武山，其實還有很多是人跡罕至的原始林，也許，在林蔭深處，一棵棵樹上有著一隻隻雲豹靜靜地伏臥著。

當人遇見熊

二〇一七年在台北舉行的世界大學運動會，台北市政府用「熊讚」為宣傳大使，這是以台灣黑熊為原型的Q版吉祥物，其實觀光局在國外宣傳「台灣觀光年曆」，邀請世界各國的觀光客到台灣參加四季民俗慶典或嘉年華會時，也是透過一隻取名為「喔熊」的台灣黑熊為代言人。

台灣黑熊是台灣的特有種，辨識率非常高，因為牠的胸前有一道非常明顯的，也是象徵勝利的V形白毛。

我們喜歡用台灣黑熊來代表台灣，原因是所有的孩子都喜歡熊，不管是布偶的泰迪熊，還是動漫電影中的功夫熊，紀錄片中令人難忘的北極熊，或者動物園裡胖嘟嘟好像玩具的貓熊，童話故事中總也少不了熊的角色。

熊變成全世界孩子都喜歡的玩偶來自一百一十多年前，美國老羅斯福總統，媒體暱稱他為泰迪，他曾經跟朋友去狩獵時，大伙為了討他歡心，用繩子將一頭熊拴在樹上，想讓他一槍擊斃，當作狩獵的戰績以供宣傳。

但是老羅斯福總統拒絕開槍，還說出一段令人傳頌的名言：「我以身為獵人為榮，但是如果我開槍殺了一隻又老又累還被綁住的熊，就會再也瞧不起自己了！」

這段軼聞流傳開來後，有玩具製造商就設計了兩隻熊布偶，並且取名為泰迪熊（**Teddy's Bears**），沒多久，這個玩偶就成為時髦的商品，至今百餘年，仍不斷有新版的泰迪熊問世。

為什麼全世界的孩子都喜歡以熊為造型的玩偶或卡通？有學者認為這股愛熊的風潮，是因為隨著工業化與都市化，人們愈來愈嚮往自然世界，也害怕自己與自然的隔絕，這種與自然生命逐漸疏離所引起的空虛、焦慮，可能促使了人們將可愛的熊作為撫慰心靈的事物。

這些熊的造型與模樣都非常可愛，但是熊是陸地上最大且最強壯的肉食動物，原本牠在生活中是沒有天敵的，除了人以及因為人的行動所造成的環境改變。

全世界總共有八種熊，有巨大雪白的北極熊，生長在北美洲、俄羅斯以及東歐荒野地帶，擅長捕魚的棕熊；北美洲叢林裡的美洲黑熊以及包括台灣黑熊在內的亞洲黑熊；當然也有大家都很熟悉瀕臨絕種的貓熊，其他還有幾種只分布在少數特定地方，如南美洲的眼鏡熊，以及南亞的馬來熊以及印度南邊與斯里蘭卡的懶熊。

這些熊的體型差距滿大的，比如全身雪白的北極熊可以大到七、八百公斤重，而馬來熊只有四、五十公斤。不管哪一種，幾乎所有的熊都面臨很大的生存危機，不管原因是全球暖化冰山融解，還是過度砍伐森林，或者人類過度捕撈鮭魚，都是來自於人類為了自己的享受所造成的。

這些年令國際保護動物團體關心的是中國大陸不人道地畜養黑熊採集膽汁的商業行為。

熊的膽汁自古以來是漢方裡珍貴的藥材，據說可以治療喉嚨痛、發燒、癲癇與肝病。這些從野外捕來，被人工飼養的熊處境非常可憐，被關在連直立轉身都沒有辦法的狹窄小鐵籠裡，身體被挖個洞，插上管子以便採集熊的膽汁。

全世界的野生亞洲黑熊目前只有二萬多頭，但是估計居然有將近二萬頭的黑熊被人類囚禁榨取膽汁，雖然現在國際上已經禁止販賣從熊身上生產的各種商品，但是地下的非法交易還是非常猖獗。

真實世界的熊不像玩偶或卡通裡那麼可愛，畢竟牠是陸地上最大型的肉食動物，沒有天敵。美國加拿大的國家公園，常常會提醒登山客或走森林步道的遊客，當心遇見熊，尤其不要把食物暴露或丟棄在熊找得到的地方，因為熊的嗅覺很靈敏，許多露營的登山客若晚上烹煮太香的食物，甚至烤肉的話，會吸引熊循著味道找上你的營地。因此許多老練的登山客都知道，晚上沒吃完的食物要吊掛在遠離帳篷的樹枝上。

不過人類真的遭到熊攻擊的事件跟鯊魚咬人一樣很少見，即便每年成千上萬的人深入美國最出名的阿帕拉契山徑，那裡的棕熊是非常多的，而步道基本就是穿越牠們日常生活的棲息地，遇見熊是很正常的事，全世界平均每年也只有三件人類被熊攻擊致死的事件。

北極熊因為覓食，而跑到加拿大北方極地的村莊裡覓食，近來也愈來愈多。其實只要不是帶著小熊的母熊，一般來說，熊是不會主動攻擊人的，雖然牠們對人類的食物很感興趣，畢竟牠們跟人一樣，是雜食類，什麼都吃。

有一年到日本北海道北方的知床半島旅行，這是日本五個世界自然遺產之一。在知床地區各地遊客中心都擺放著提醒遊客的小卡片，這張卡片寫了一個真實故事，幾年前，有觀光客在公路上遇見熊，丟了一串香腸給牠，當牠吃了香腸，從此牠的行為就和其他一般的熊不一樣。牠不再避開人和汽車，反而常出現在路邊想再獲得美味的食物。後來牠愈來愈不怕人，甚至往市區走。國家公園的管理員無論如何想盡辦法將牠趕入森林深處都沒有用，後來某天一大早，牠竟然在當地小學的門口吃一頭鹿，因為馬上就是孩子上學的時間，為了孩童的安全，管理員只好槍殺了這隻熊。

我們進入知床著名的五湖步道前，管理員很嚴格地檢查我們的隨身物品，絕對不准攜帶任何食物，這除了擔心味道會吸引熊之外，也是不希望遊客在有意無意中，遺留在森林的食物改變了熊的天性。

我們原本上午就要進入步道，不過卻遇到當天已發生二次在步道目擊熊，每次有熊出現時，步道就會暫時關閉，等熊自行離開步道，才會再開放，所以我們一直等到下午才得以進入湖區，一路上懷著既緊張又期待的心情，不過不知道是否我們走路的聲音太吵，驚動到熊，所以並沒有在森林中遇到熊。

倒是下山時車子開在沒有任何路燈的山路，因為車速太快，差一點撞到穿越馬路的鹿，嚇了一跳，車速慢下來之後，才發現前方有棕熊也在過馬路，剛把車子停定，身長二公尺的熊正好走到車頭前不到五十公分，轉頭看我們一眼，才慢條斯理地走進森林。

這大概是最近距離的在野外遇見熊了，不過因為人在車子裡，所以只有興奮，並沒有任何緊張或害怕的心情。如果真的在森林裡遇見熊，爬樹沒用，因為熊比人類會爬樹，裝死也沒有用，因為熊是雜食，什麼都吃，連屍體也不放過。

不過也別害怕，因為熊不會主動攻擊人類，所以若真的遇到，只要慢慢地，靜靜地，沒有威脅性地往後退，離開牠就行了。絕對不可以大叫或逃跑，因為這反而會刺激牠，驚嚇之餘轉而攻擊你。不要以為熊胖胖的，認為牠動作很慢，其實熊跑起來時速有五、六十公里，我們一定跑不過牠的，所以跑也沒有用。

看見小熊最危險，因為小熊附近往往就會有母熊在，而母親為了保護孩子，會比較有攻擊性。不過若是熊朝你直奔過來，也不要轉身就跑，反正你怎麼跑也跑不過牠，反而只要站住不動，牠們往往衝到你跟前幾公尺就會停下來，然後掉頭離開，這是他們常常會採取的威嚇行動。

到日本的知床半島旅行，我最大的感慨不只是他們對整個地區的自然生態維護得很好，而是從知床最知名的景點，知床五湖區下山整整幾十公里的山路，居然完全沒有路燈，簡直可以說整個半島廣大的區域，只有少數幾個小小的城鎮聚落之外，其他森林除了最低限度必須的道路之外，都沒有被破壞，包括沒有路燈照明或其他人為設施來干擾野生動物。

而且，在繞著森林湖邊長約三公里的步道，居然沒有任何監視器或人為的保護措施，當年在短短二、三個月內，據統計在步道就有好幾百次遇見熊的紀錄呢！我們幾個朋友仍像參加荒野保護協會的活動一樣，慢慢在森林裡面走著，等到有二、三組遊客超過我們後，整個有熊出沒的湖區只剩我們，天色全暗時，我們才回到入口的管理中心，裡面的值班人員也鎖上大門，即將下班，他們居然這樣放心也不檢查還有沒有人留在森林裡，這在台灣是很難想像的。

雖然表面上公路沒有裝路燈，整個園區沒有監視器或其他電子設施，似乎不重視人的安全，但是原本這個區域就是野生動物的家，我們到人家的家裡拜訪，本來就應該配合主人的習性嘛！台灣也有原始不受干擾的自然野地，也有豐富多樣的野生動植物，但是我們往往把在都市裡的物質享受或舒服方便的習慣帶到山裡去，反而是非常不文明的行為。

對比台灣，我們玉山上的排雲山莊，差一點就要花幾億元拉電纜，讓遊客方便晚上在玉山上唱卡拉OK呢！看來我們那些只想討好民眾的官員還要多多學習如何與大自然相處。

與綠蠵龜共游

六月中旬到小琉球看綠蠵龜。

小琉球這幾年觀光發展得非常迅速，不到十年，民宿從三、四十家成長到四百多家，而且還在增加中。

不過這次除了觀光之外，還多了項任務，在海洋專家的指導下，進行世界首創的綠蠵龜公民科學計劃，也就是透過一般遊客的觀察與紀錄，協助小琉球記錄綠蠵龜的族群結構與生態。

以眾志成城的方式，記錄綠蠵龜在不同時間、不同地點出現的機率，雄的或雌的，大致上的年齡，然後將這些資料立即上傳「台灣海龜目擊事件簿」的紛絲頁。

據海洋專家的說明，才知道全世界最容易看到野生綠蠵龜的地方就是小琉球了，春夏秋冬一年三百六十五天，不管哪個時候來，保證百分之百可以看得到。據估計，現在約有二百隻左右的綠蠵龜會到小琉球的沿岸珊瑚礁覓食海藻。

之所以會有這麼多，一方面是經小琉球漁會的努力，近海三公里內不准用魚網或裝設定置網；另一方面是當地有幾十位會潛水的海洋志工，長期地清除海底下的垃圾；再加上海岸潮間帶的管制，遊客必須在當地合格的解說員帶領之下才可以進入，並且訂有總量管制。

也因此，小琉球是全世界唯一保證可以與綠蠵龜共游的地方，每五、六個觀光客在教練的帶領之下，浮潛在近海岸邊，有非常高的機率可以遇到一群大海龜就游在你四周。

海龜與陸龜是世界上唯一存活的長有硬殼的爬蟲類，總共有二百多種，可是因為海龜在全世界到處跑，所以不像陸地上的動物，容易因為地理環境的阻隔產生許多特有的種類，因此全世界的海龜只有七種，其中曾經出現在台灣的就有五種之多呢！

綠蠵龜的腿長得很扁平，像魚的鰭一樣，游動時前腳好像是翅膀般地擺動，襯著蔚藍的海洋，綠蠵龜就像在藍藍的天空中飛翔一般。

不過也因為海龜的壽命長，除了產卵時都在大海裡優游，所以很難記錄牠們的整個生活範圍，只知道牠們長大後，會千里迢迢不顧險阻回到牠們誕生的同一個海灘同一個地點產卵。牠們為什麼要這麼執著，沒人知道，科學家們至今也無法解釋海龜這種回老家的本事是怎麼來的，有人說，牠身體裡有可以感應地球磁場的神祕器官，像是羅盤，更像是超科技的衛星導航裝置。

也有人猜測，是不是小海龜在孵化出生的那一剎那，就把牠周遭環境的各種細節，像當地海水的特殊味道，海灘沙石等等氛圍全部載入牠的記憶庫，等到長大成熟後，再根據這原始記憶檔案的引導，在茫茫大海洋中，靠著一雙前腳緩慢游動，橫越大半個地球返回老家，產卵繁衍後代。

有一部海龜的紀錄片《在海裡飛翔》，就用了很文學性的筆法描述：「兩億年前，海龜原來活在陸地上，當恐龍出現後，牠們才躲到海裡，變成在潮汐與洋流間生存的動物。但陸地似乎不想放牠們走，提出了交換條件，於是海龜得返回陸地產卵。」

以前在台灣各地沿岸都有海龜上岸產卵的紀錄，台灣本島東部海岸大都可以發現許多海龜，可惜到了這幾年台灣本島已經完全看不到海龜上岸的足跡，只剩下一些離島還有數量並不多的海龜上岸產卵，比如澎湖的望安島劃設了二十多公頃的沙灘為保護區，小琉球也有一小塊綠蠵龜保護區，而且從每年五月到十月的晚上，實施夜間管制，遊客或民眾都不准進入沙灘與潮間帶。不過據說現在澎湖望安島其實已經看不到野生海龜，雖然在保育中心還養了幾隻當展示品，我想或許是漁民在近海捕魚時誤抓或在海岸邊設置定置網，使得海龜無法上岸，而且海龜在產卵之前會在附近的海域交配，這時候很容易被捕捉，而且即使順利上岸產卵，也有很多人會挖掘龜卵以及捕捉正在產卵的海龜呢！

所有種類的海龜都是一級保育類的動物，應該不能捕捉或傷害，不過不久前還傳出澎湖的海防人員殺了一隻海龜來吃，後來被判重刑。綠蠵龜的長征可以說是大自然裡最神祕的現象之一，也歷經了最恆久的時代考驗，牠們的祖先曾經目睹陸地誕生，還在隕石撞擊和冰河融化中生還，牠們甚至比牠們的老伙伴恐龍還長壽，想到這些，不禁對牠們肅然起敬。不過，也真盼望牠們千萬不要在我們這個貪婪的時代裡滅絕了！

欣賞一場夏日黃昏的溼地圓舞曲

這幾年在都市裡已經有一些以前很難見到的大型鳥類出現比如黑冠麻鷺，而小時候經常看到，吱吱喳喳的麻雀似乎少很多了。

倒是長久以來，跟人類生活在一起的燕子，數量是一直很穩定。燕子不怕人，還喜歡選在人來人往的鬧市騎樓築巢，因為自古以來，人們都認為燕子在自己家中築巢是吉祥的象徵，會帶來財富，所以不只不會驅趕或捕捉，甚至還有人會買現成的鳥巢固定在屋簷下，希望吸引燕子來呢！而且燕子的天敵比如蛇、猛禽都怕人，燕子如果住得跟人比較近的話，反而可以減少那些天敵的攻擊呢！

在台灣燕子大部分是屬於夏天從赤道附近熱帶地區飛來的候鳥，每年三月中來到台灣，四月起開始繁殖下一代。因此我們每年春天可以看著牠們在屋簷下築巢、產卵、孵育幼雛，然後夏末初秋帶著孩子離去，隔年春天又準時回到原來的窩巢，因此才有了朱自清所寫讓人低迴不已的名句：「燕子去了，有再來的時候；楊柳枯了，有再青的時候；桃花謝了，有再開的時候。但是，聰明的，你告訴我，我們的日子為什麼一去不復返呢？」

幾千年來，就這麼春去春又來，燕子始終陪伴著我們，提醒著我們，可是絕大部分人卻不知道也沒看過，究竟燕子是如何帶著這些小燕子離去？又如何成雙成對地回到原來的燕巢？

這幾年夏天，八月中下旬每天傍晚，荒野保護協會的志工會帶領民眾到五股溼地，燕子聚集在食物豐盛的蘆葦叢溼地裡，觀賞燕子群飛演練準備渡過太平洋回到赤道附近的島嶼過冬。每到夏天黃昏，數以萬計的家燕、洋燕便會從都市屋簷下、四面八方飛到這個小小區域來晚點名，像是噴射機般飛翔的燕群在蘆葦叢上空迅速盤旋，升升降降，橫衝直撞，像是千軍萬馬般滿天飛舞，壯觀的場面令人歎為觀止，嘖嘖稱奇。

許多民眾至今還不知道這動人的景致在每年夏末傍晚，天邊的雲彩襯著遠方高樓林立的都市剪影與身邊人工河道交錯中的溼地，一隻、兩隻帶著剪刀的小小飛鳥出現在眼前，當我們還沉醉在這如夢幻花園裡時，不一會兒，尖銳的鳥叫聲中似乎夾雜著「咻——咻——咻」的高速飛行聲，我們四周忽然充滿了數以萬計的小小黑色噴射機在穿梭著，好幾次感覺到耳際甚至手臂有東西快速略過，令人好奇的是居然這麼多隻的燕子在這麼小一個區域中衝撞盤旋，卻不會互相撞到。

燕子的飛行技術非常高超，因為牠的尾毛長而分叉，使牠能夠在高速飛行中可以急速轉變方向，有方向舵的作用。而且這分叉的尾羽像把剪刀，男生穿著的西式禮服燕尾服，大概就是模仿燕子的尾巴造型而來的吧！

燕子跟許多秋冬季節才來到台灣的候鳥不同，牠們大都到河口溼地覓食，但是春天來的燕子吃蟲，在北半球溫帶、亞熱帶地區，夏天白天比較長，牠們有比較長的時間可以找食物，哺育幼雛，你看牠們辛辛苦苦飛進飛出，一天要來回餵二、三百次才能餵飽小燕寶寶耶！而且飛到這裡，比牠們秋冬天住的地方天敵或競爭食物的物種少多了，可是到了冬天，台灣漸漸變冷，昆蟲愈來愈少，牠們只好回到赤道附近溫暖的地方過冬了！因為牠們在飛翔時捕捉飛行中的昆蟲，所以飛行技術非常高超。

每年夏天大台北地區的親鳥會帶著小燕子在五股溼地練習飛行。

五股溼地位在淡水河出台北盆地，右邊有個關渡，左邊就是五股，連著二重疏洪道。荒野保護協會在十多年前開始有一組義工以這個地方作為自然觀察點，五股溼地這個所謂洪氾區原本應該有八．七平方公里，後來因環境變遷以及汙染，沼澤區縮小為不到二平方公里，二重疏洪道綠美化工程基本上以景觀規劃為主，並沒有完整的溼地，倒是有許多人為的休閒娛樂措施，比如釣魚池、划船道，水泥運動鋪面……經過荒野保護協會以及當地民間團體的多年努力，新北市政府將疏洪道的四分之一，重新規劃成溼地

生態公園，並且在九三年底，正式簽約，委託給荒野保護協會來管理與認養，逐年進行園區的復育、保育、教育等工作。

荒野保護協會多年來一直致力於保護台灣環境以及帶領民眾認識自然。我們覺得溪流以及河岸溼地，是推廣自然教育最方便也是最有趣的場域，因為除了岸邊及水生植物之外，溼地生態系裡的昆蟲、兩棲及爬蟲類，是生態教育中最生動的主角了！

我們希望能透過溼地的自然體驗，喚起更多人珍惜我們的自然環境，期望在台灣成長的每個孩子，都能體會到台灣大自然的美麗與豐富，我們相信這種對生命的感動，會成為我們每個人生命力量的來源。

遇見梅花鹿

在野外遇見大型的野生動物是令人興奮心動的時刻！在台灣除了常見的松鼠與在天空飛翔的鳥類之外，真的確定能遇見的大概就是梅花鹿了！

如果到馬祖的大丘島旅行，百分之一百可以遇見一群群野生的梅花鹿，大丘島是離島的離島，原本是個無人島，但是現在有了一間民宿兼飲料店，除了一位民宿主人以及他養的雞之外，就是數十隻野生梅花鹿。大丘島很小，繞著島走一圈，頂多也是一、二個小時左右，所以你若安靜地走在步道上，遇到梅花鹿是沒有問題的！

大丘的梅花鹿來自墾丁地區所復育的梅花鹿。

梅花鹿自古縱橫在福爾摩沙美麗之島，卻由於數百年來大量捕捉，最後一隻梅花鹿於民國五十八年被捕捉，就此在野外絕跡。

鹿群與與台灣先民的生活是密不可分的，以鹿為名的地方，從南到北，有七十一處之多，比如大家耳熟能詳的彰化鹿港，台南的鹿耳門。

梅花鹿一直是台灣自然史的一部分，因為身上有漂亮的白色花斑，所以有梅花鹿之名，牠們從冰河時期台灣與大陸相連時就已移入，後來隨著環境變遷演化成台灣島上的特有物種，活躍在全台灣的丘陵與平原。梅花鹿一直是先民日常生活重要資源，飲血食肉，以鹿皮禦寒，以鹿茸製藥，甚至到了十七世紀，荷蘭人帶來的經濟外貿活動中，將鹿皮大量外銷，紀錄中居然數量曾大到一年二十萬張鹿皮出口，這也帶來梅花鹿的大浩劫。其實在荷蘭人來台之前就有日本人來買鹿皮，因為當時日本在戰國時期，武士甲穿的內衣要用鹿皮來做，所以需要大量的鹿皮。後來鄭成功趕走荷蘭人，中斷了鹿皮外銷，但是梅花鹿的數量並沒有回升，因為鄭成功開墾台灣，將平原變成田園，種植甘蔗與各種糧食作物，梅花鹿也就失去了自然棲息成長的空間。到了現代，幾乎所有中低海拔的自然野地都快消失了，當然更沒有梅花鹿的容身之處。

梅花鹿的復育也是台灣首度嘗試的大型哺乳動物復育計劃，在七十三年六月計劃開始進行當時，台灣的野生梅花鹿已經絕種多年，復育計劃的首項難題是到哪裡尋找確保純粹的台灣特有種梅花鹿的基因？是民間養鹿場還是動物園？後來考慮到民間馴養的梅花鹿也許曾經和自日本等地引進的其他亞種雜交過，血統不易掌握，動物園中的梅花鹿顯然比較可靠，於是正好趁著台北動物園要從圓山遷到木柵時，選取了二十二頭台灣梅花鹿（五雄十七雌），於民國七十五年十一月運送並飼養在社頂復育區的臨時鹿舍內。

梅花鹿的復育地點在評估過各項環境因素後，選定社頂自然公園北側沿海丘陵地帶，約一百二十公頃的區域。

從民國八十三年到九十八年，進行了十四次野放，從二百三十三隻野放的梅花鹿，至今在野外自然繁衍的數量估計已有一千五百隻以上。不過梅花鹿生性害羞，在墾丁廣大的草原中，要與牠面對面相遇並不容易。

野放至今二十多年，雖然花費不少預算及人力，但是計劃算是成功的，讓梅花鹿能夠重回自然荒野，不只是多增添些許自然美景，更深的意涵是我們搶救了一種原本幾乎滅絕的物種，為地球的基因庫留住了一種可能流失的基因，同時也展現了台灣回應了國際野生動物保育壓力的誠意，甚至到了今天，國際知名保育領袖珍古德博士在世界各地演講時，也都會把台灣梅花鹿的復育成績當作典範以及對未來世界所懷抱的樂觀希望。對國內民眾而言，更是非常好的生態教育的實例。

不過，太多的梅花鹿也形成新的問題，因為社頂地區的高位珊瑚礁自然保留區的小樹苗全都被鹿給啃光，墾丁民眾種的牧草與作物也常受損害，若以整個自然生態的平衡來看，墾丁地區大量的鹿群吃掉所有新生的樹苗，森林無法更新，若是大樹因颱風或其他因素死亡，沒有新生的小樹替補，那麼強勢的外來種銀合歡也許就會占據原生樹種的生存空間，改變了原本的森林結構，原本的生態系統就會瓦解。

但是過多的鹿群真的很難處理，因為不太可能開放狩獵，也沒有經費幫牠們結紮，也不太能像送到馬祖的大丘島一樣，送到其他地區野放，因為那只會造成更多地方的災難。

不過，若單以一個已在野外滅絕的物種重新再出現的角度來看，梅花鹿的復育還是很有意義的。

在二十多年的台灣梅花鹿復育過程中，我們學到了復育的技術與經驗，但同時也了解到，當一個物種從大自然消失後再來做復育，除了花費龐大的成本之外，其實結果也是我們不容易掌握的，那麼以此為鑑，對於那些還存在台灣自然荒野裡，但是生存已經深受威脅的物種，我們應該在還來得及的時候，採取具體有效的行動，這才是梅花鹿復育歷程最重要的意義。

看見一隻鳥

有鳥人綽號的自然作家劉克襄先生最近曾好奇：「從市區往近郊的雙溪走，一路上看到的台灣藍鵲居然比麻雀還多！」

的確，這一兩年我和孩子在社區後山散步時，常常看見四、五隻左右為一群的藍鵲家族飛越山徑，最多的一次，在二個小時散步途中，就遇到六個家族。

在野外看見像台灣藍鵲這種大型的鳥會讓人很驚豔，感覺整個自然空間都活了起來。

賞鳥是三十多年前，台灣環境教育啟蒙的開始，各地鳥會往往也是世界各國歷史最悠久的自然教育團體。

「每個人內心都有一隻鳥，一隻嚮往自由的鳥。」

這是傳誦於每個喜歡大自然的賞鳥人之間的名言。的確，對於困守水泥叢林裡，在各種大大小小螢幕包圍下的都市人，偶一抬頭看見天空中飛過的鳥兒，我相信即便不是賞鳥的人士，心中也會引起一股悸動。

鳥提醒了所謂萬物之靈的人類，還有許多自然生命與我們共享這個地球。

有人說，鳥的未來，就是人類的未來。

全世界環境運動的啟蒙者，瑞秋．卡森石破天驚的鉅著：《寂靜的春天》，就丟出了一個假設：「為什麼聽不到鳥叫聲？鳥都到哪裡去了？」

很巧的，台灣的第一個社會運動，也是第一個環境保護運動，就是來自拯救伯勞鳥的運動。

當年，張曉風老師看到恆春滿街在賣烤伯勞鳥，在滿地的伯勞鳥的嘴尖裡（抓到伯勞鳥要先把嘴折下來，免得咬人，然後才烤來吃），她寫著：「為什麼有名的關山落日前，為什麼驚心動魄的萬里夕照裡，我竟一步步踩著小鳥的嘴尖？」作家們用感性的筆觸，激發了當年還沒有什麼生態保育概念的民眾的側隱之心，也讓當時還不興盛的賞鳥或生態旅遊有一些不同的省思：「我是個愛鳥人嗎？不是，我愛的那個東西必然不叫鳥？那又是什麼呢？或許是鳥的振翅奮揚，是一掠而過，將天空橫渡的意氣風發，也許我愛的仍不是這個，是一種說不清的生命力的展示，是一種突破無限時空的渴求。」

墾丁候鳥保護運動最特別的地方就是用文學且感性的方式，讓民眾重新思考人與自然生命的關係，因為生態保育是一條漫漫長途，只有改變人的價值觀與生活習慣，保育

觀念才有可能真正紮根，也才是執行保育工作的治本之道。

是的，鳥的未來就是我們的未來，可是我們是否曾經仔細了解這個我們似乎很熟悉，其實卻又很陌生的伙伴呢？

不過如今要賞鳥不見得要到深山裡面。不知道大家有沒有發現，都市裡的野生鳥類愈來愈多了！

即便在人來人往車水馬龍，高樓大廈林立的鬧市裡，只要我們在街邊站立一會兒，仔細觀察，並不難發現有許多種類的鳥兒穿梭在大樓橋梁之間。

這大概一方面是環境教育的普及，現代的民眾不會去捕捉、傷害這些野生鳥類，另一方面是鳥兒待在都市裡，反而可以避開那些會盜食卵捕食雛鳥的天敵。

也有科學家認為，現在都市裡的高樓大廈，在鳥類眼裡如同由水泥構築的叢林，對人類而言，一棟棟高樓就像一座座高山，大家住的房間也如同懸崖峭壁邊的洞穴，用陽台俯視這水泥叢林，就像我們古早古早以前的祖先一樣，懸崖邊的山洞是我們躲避各種有害生物與敵人最好的庇護所。

更有趣的是這些鳥，不管是游隼還是鴿子，都是從遠古時代，就與人一同居住在這些高高的洞穴旁的鄰居與伙伴。科學家推論，我們之所以會用水泥蓋出高聳入雲的城市，正是因為我們懷念過去在峭壁洞穴中的生活。

當然，這些野生鳥兒也隨著人類，在這水泥叢林裡找到牠們安身立命的地方。

不管我們同不同意這些科學家的說法，至少在我們周遭，能夠看到這些充滿生命力的動物與我們一起過著日常生活，真的是一件很幸福的事情。或許下次走在路上時，可以偶爾駐足尋找並欣賞這些動物同伴。

迎接信守承諾的國慶鳥灰面鵟

每年雙十節前後，灰面鵟就會飛臨台灣，因為千百年來始終信守承諾，故又名國慶鳥。

其實每年秋風起，就會有一批批猛禽從北方飛來，過境台灣，再往南飛往度冬的棲息地。

每年最早到台灣的是赤腹鷹，九月初就現蹤影，社頂西邊的季風林是落腳處。隔天早上，起飛後，迎風滑到社頂公園東北方山谷，這個迎風山谷會匯流吹入山谷的強勁東北季風轉成上升氣流，這股上升氣流把盤旋的赤腹鷹送到高空，然後高空中另有一股向西南流動的氣流，會將牠們送往南方。鷹的起飛與降落，都必須逆風而行，跟飛機起降原理相同。因此抵恆春時必會飛至最南端龍坑，鵝鑾鼻，再來個大轉彎，逆風北飛，逐漸降低高度來到社頂公園。

這幾年墾丁國家公園也將原本十月十日雙十國慶前後三天集中式的大型活動，轉型為九月及十月為期二個月的季節性常態活動，活動不再只有下午在滿州觀賞過境猛禽夜棲，更融合墾管處的鳥類調查工作，在每天清晨，於社頂欣賞鷹群出海南遷。

鳥類的遷徙一直是自然界難解的謎，有人說，或許在冰河時期遍布地球許多嚴寒的氣候影響，鳥類因為求生存而演化出的行為；也有人說也許南半球可能是現在居住在地球北部鳥類的家鄉，牠們每年一次的遷徙只是回到祖先們的家鄉。

至於牠們如何辨識路程，那麼精確地飛行在天地之間？有人說以視覺，追尋河谷海岸線等地標，也有人說也許牠們藉助日月星辰，利用偏光、紫外線定位飛行，也有人說牠們體內可以感應地球磁場來定出飛行方位……總之，這些仍舊是未獲確定的理論。

有一部紀錄片《鵬程千萬里》，影片記錄了百來種候鳥遷徙的過程，從沙漠到冰川，飛越湖泊與懸崖，經過河流、平原到森林，跨越浩瀚大海然後到孤懸海中的小島嶼，甚至穿越城市裡的鐘樓與橋梁，攝影機一路隨著候鳥非常近距離的跟拍，我們可以聽到鳥群們的鳴叫，聽到翅膀在空氣裡拍動的聲音，同時也跟著鳥群一起俯瞰這個世界，這簡直是不可能的攝影任務。

賈克．貝洪導演拍過另一部紀錄片《小宇宙》，這部《鵬程千萬里》是他用五組工作人員以將近四年時間橫跨地球五大洲，完全沒有利用任何電腦動畫技術或特效，每一秒鐘的畫面都是實景所拍出來的，單單看在這份執著的精神，這部影片就值得我們一看再看，何況還有非常好聽的配樂，更神奇的是，雖然沒有對話，卻好像有劇情，令人震撼與感動。

影片一開始，旁白告訴我們：「這是一個關於承諾的故事。」的確，小小一隻鳥，為何會冒著旅途的風險飛行千萬里往返於二個家園？

另外為什麼攝影團隊可以這麼近距離接近鳥群？原來他們利用了一九七三年諾貝爾獎得主勞倫斯所提出的「銘印現象」理論，有許多種鳥類在剛孵出來的那一刻，所看到眼前的第一個生物，聽到他的聲音，就會辨識下來當作自己的媽媽，即便出現的是人類，是機器。導演就利用鳥類這種特性，飼養許多不同種類的鳥，從孵蛋開始，讓這些鳥群把人類與攝影機當成父母，不會怕他們，因此他們才能夠跟鳥群生活在一起，一路隨著牠們飛翔在空中。

影片最後一句話呼應著第一句話說：「我們信守承諾。」可是想到這些信守承諾的鳥類歷經千辛萬苦，中間也許被人獵殺，也許氣候不好，環境汙染，棲地不見，我們可有好好善待牠們？台灣也是候鳥遷徙的重要地方，共有一百七十種過境鳥和候鳥。過境鳥只是經過台灣，在短暫休息後又會再繼續往南或往北飛，至於候鳥就會在台灣度過炎熱的夏天或者寒冷的冬天。

導演賈克．貝洪曾經提到他的拍片動機：「我多麼期待有一天，我們能像這些鳥兒一樣，在這顆美麗的星球上，展開神奇的旅程。我也多麼期待有一天，人們能夠打破地域國界的阻隔，明白地球是我們共有的家園，那麼，我們一定能像鳥兒一樣，獲得自由！」

蜜蜂不見了?!

最近媒體報導，台灣有些蜂農因為飼養的蜜蜂死亡，而要求政府禁止田間農作施用「益達胺」這種農藥。

其實蜜蜂奇異地失蹤與死，引起國際間普遍的關注，已經有十來年了，最早的事件發生在二〇〇六年，美國的職業養蜂農哈肯伯格打開蜂房蓋子，發現四百個蜂群（每個蜂群有幾萬隻蜜蜂）百分之九十全部不見了，更奇怪的事是連屍體都找不到了！

當這個戲劇性的神奇事件發生，一個月後，調查報告指出，全美國許多職業養蜂人平均大約都損失了百分之三十到百分之九十的蜜蜂。緊接著，世界各國也都陸續傳來災情報告。

蜜蜂是世界上九十種農作物授粉最重要的媒介，如果授粉的蜜蜂不夠多，可能導致蔬果、牛飼料、堅果種子甚至棉花的短缺。

隔年，二〇〇七年，剛好全世界各國的能源價格開始飆漲，然後原物類短缺，再加上農作物減產，甚至因為農產品的漲價，引起二十多個國家人民的暴動。因此，二〇〇七年春天開始，蜜蜂不見了的消息就已登上了世界各地所有媒體的新聞頭條。對於這個現象大家有非常多不同的理論，也列出了一些嫌疑犯，可能是新的或突變的病毒；也可能是真菌感染產生一些毒素以及寄生蟲惹的禍；或者是農田大量的施肥與殺蟲劑造成環境汙染讓蜜蜂慢慢中毒，免疫力衰弱；也有人提到或許是職業養蜂在長途運送時被關在蜂箱裡的遷徙壓力……

每個嫌疑犯都有動機，但好像也或多或少都有不在場的證明，比如說，法國曾經在一九九九年起禁止使用拜耳公司生產的「高巧」殺蟲劑，這個禁令似乎遏止了前些年高達三分之一的蜜蜂死亡率，但是二〇〇七年到二〇〇八年全法國蜜蜂的死亡率又飆到百分之六十，這麼看來，被禁用的「高巧」似乎也不是這一次造成蜜蜂死亡的凶手。

其實從一八六九年第一次有蜜蜂消失的文字紀錄以來，似乎每隔幾年就會有蜜蜂，尤其是被商業化集中飼養的西方蜂，大量神祕消失的情況發生，但是過去發生時都是在個別區域，不像這次幾乎全世界每個地方同時發生這種現象。

科學家們目前正在用最進步的科技與儀器，加上二〇〇六年已經解開的西方蜂基因圖譜的基礎下，希望能找到真正的凶手，雖然至目前為止，還沒有一個較為確定的答案。從世界各國許許多多的調查與實驗過程，我們也了解到人類如何利用蜜蜂的天性而將牠們變成了工業生產線上的工人，已經漸漸忘記蜜蜂是活的有機體，好像牠們是我們製造出來的電動蜜蜂似的。

的確，為了人類的物質享受，我們透過進步的科技與極致的管理技術，已經改變了許多生物的天性。

從蜜蜂消失的事件中，我們才恍然大悟，透過食物鏈所形成的錯綜複雜的世界，蜜蜂的角色居然是這麼的重要。原來人類的所有餐飲食材中，有三分之一以上來自於由昆蟲授粉的植物，這一千多種作物中，百分之八十以上需要蜜蜂幫忙傳播花粉，若是大部分開花植物再也無法繁衍，會怎麼樣呢？記得有一首英國童謠這麼唱著：「釘子沒了，鐵蹄就丟了；鐵蹄沒了，馬兒就丟了；馬兒沒了，騎士就丟了。」若騎士沒了，乃至一場戰役、整個戰爭，甚至整個國家都會受到影響。所以，同樣的，是不是蜜蜂死了，很多花因為沒有傳粉也死了，靠這些花的果實為生的動物也死了，吃這些動物的動物也死了……

蜜蜂不見了對世界有那麼大的影響，那麼，假如人類在很短的時間之內完全消失了，對世界會有多少影響？曾經有人針對這個問題做過研究，若人類像蜜蜂一樣神祕地失踪，只留下無數的人工建築與設施，世界會變成什麼樣子？

答案是，人類消失那一天，大自然會立刻接手，開始拆除房舍，讓這些人工物從地球表面消失，幾乎毫無例外，雖然我們實在很難想像，現代城市這般堅固的龐然大物，有朝一日會整個被大自然吞噬，而且，大自然消滅人類千年文明所成就的一切，所需的時間可能遠比我們想的要短得多。

沒有了人類，地球依舊會繼續存在，依然會水草豐美，生命繁盛，而且比人類這個物種存在時的世界，更加多采多姿。

我們應該謙虛地重新看待世界，了解各種食物鏈串起地球的生命之網，我們不知道到底哪個物種是那關鍵的基礎物種，也許是蜜蜂，也許是還被我們忽略掉的什麼小昆蟲，我們也沒有真正體會到原來生物與生物之間是這麼環環相扣，密切相關的。

從蜜蜂的例子，我們可以知道，這些小小的昆蟲，對自然資源以及其他生物造成多大的影響啊！一個生態系統的穩定度與它的複雜性有直接的關係。一個群落中，若共存的生物種類愈多，表示生物種類間的關連愈多，對大自然的改變，以及突發災變的抗拒力或適應性也就愈大。因此，保持生物多樣性，對整體地球生態以及人類生存都是非常重要的。

人類只是整個生命之網的一股絲線，若是因為我們的短視近利或因不當物質文明的發展而滅絕了物種，讓這張生命之網有了破洞，我們人類也將身受其害，因為各種生命之間是環環相扣，休戚與共的。

擱淺的抹香鯨

近年台灣不時就有鯨豚擱淺在沙灘，其中最常見的是抹香鯨。這些鯨豚為什麼會擱淺，詳細原因不太能確定，除了受傷、迷航，也有人認為或許是海洋中的噪音干擾了抹香鯨，導致牠們偏離航向。

抹香鯨是八十多種鯨豚類中唯一可以深潛到深達二千公尺的海底捕食烏賊或魚蝦的鯨魚，牠有一個非常巨大的頭部，而且牠一次呼吸可以閉氣長達一、二個小時之久。

沒錯，鯨魚並不是魚類，牠跟我們人類一樣，是哺乳類，在大約一億年前還是在陸地上用四隻腳行走的動物，後來到水裡生活，演化成體型最巨大的動物，鯨魚中最大的藍鯨比陸地曾經有過的最大型恐龍還要大上幾倍呢！

不過也因為鯨魚是哺乳動物，必須用鼻子在空氣中呼吸，這使得牠們成為很容易被發現的獵物，除了抹香鯨外，大部分的鯨魚只能閉氣游泳五到五十分鐘，就必須浮到水面呼吸，這時候會噴出六到九公尺高的水柱，很容易被捕鯨船發現。

因為全世界很多生態保育團體的努力，現在大部分種類的鯨魚都禁止人類以商業買賣為目的的獵捕，不過至今仍有少數國家違反規定偷偷地捕殺鯨豚，包括日本用科學研究的名義大量獵殺鯨魚。

鯨豚是非常聰明的動物，牠們的腦部和人類一樣複雜，也有自己的文化與語言，會唱非常複雜、類似古典音樂規則般的歌曲。尤其藍鯨可以發出非常大聲的低頻率聲音，透過海洋某些水域，可以越過非常遙遠的距離，甚至在五百英里之外還可以分辨出究竟是哪一隻鯨魚在唱歌。

鯨魚跟魚類不一樣，母鯨懷孕一年多才產下一隻小鯨魚，小鯨魚跟在媽媽身邊一年多，跟人類一樣也吃母乳，長到十歲左右才算成年。也因為鯨魚是哺乳動物，沒有像魚類可以產下無數顆的卵那麼強大的繁殖力，所以我們人類的捕撈很容易讓牠們族群的生存產生滅絕的危險。

鯨魚分為有牙齒的齒鯨跟沒有牙齒的鬚鯨。這次擱淺的抹香鯨有牙齒，可以直接吃海裡的動物，藍鯨是鬚鯨，沒有牙齒，牠們吞下一大口海水，然後閉上嘴，上顎有幾百條鬚鬚，可以將磷蝦和其他小動物從水中濾出。

這次死掉的抹香鯨肚子裡有大量的漁網跟垃圾，海裡有所謂幽靈魚場，指的是被漁民丟棄的漁具、漁籠、漁網……等等，它們漂浮在水中，繼續捕抓著各種魚類，鯨豚有時也會被纏繞在海底岩石的漁網或海底電纜給絆住，無法脫身，沒辦法浮上水面呼吸而活活窒息而死，或者吞進太多人類丟棄的垃圾無法消化而餓死。

也有研究發現，人類往往把各種有毒的汙染往海洋裡倒，這些重金屬或者塑膠化合物也會讓海洋生物得到腫瘤以及影響繁殖的功能，過去我們以為海洋這麼大，把我們不想要的東西都丟進去，好像看不到就沒有問題，可是這些人類創造合成出來的垃圾，並不會被大自然溶解掉，還是永遠留在生物的食物鏈當中，最後還是會傷害到我們。

人類的汙染，還有用不恰當的過度捕撈都會破壞了海洋的整體生態，也就是環環相扣的食物鏈。海裡食物鏈第一個環節最基本的是微小的藻類，跟陸地上的植物一樣，透過葉綠素的光合作用從陽光獲得生命的能源，然後很微小的浮游動物會吃這些藻類，再來是小甲殼動物小蝦米吃這些浮游動物，然後小魚吃小蝦米，大魚吃小魚，形成一個完整而豐富的生態系。

但是假如我們過度捕撈某些魚類或毒害了某些種類的生物，當這個食物鏈的鏈環斷裂，海洋可能會變成一大片充滿汙泥的水域，長滿毒藻和水母，這種情況已經在某些海域發生。

我們希望人類不要太貪心，要謹慎地使用海洋資源，尤其對於跟我們人類一樣聰明的鯨魚，這些年很流行賞鯨的活動，我們不用捉牠們一樣可以透過這樣的活動賺錢，不再有血腥的屠殺，我們用讚歎欣賞的心情，去接近鯨魚，跟牠們做朋友，這種環境教育的方式，除了可以豐富我們的精神生活，也是人類與萬物生命能夠一起繼續生活在地球上的保證。

誰怕「凶惡的大野狼」？

幾年前在挪威的森林裡，出現了一群野狼。

「森林裡有狼？」

「我們的森林裡真的又有了狼?!」

都市裡的人眼睛一亮，整個人類記憶中和狼有關的故事、神話、童話、民謠，一下子全部又浮現在腦海中。雖然這些突然出現在人們活動範圍邊緣的野生動物，鄉野間的農人不喜歡，因為狼咬了他們養的雞和鴨，但是挪威人不准人們獵殺這些狼，寧可國家賠償那些農人的損失，但是狼不能碰，把這一群重新出現在人們眼前的野狼視為國寶。

前幾年在美國紐約最繁華的曼哈頓發現一隻草原狼，結果在直升機直播拍攝中，幾十個警察在中央公園追捕到這隻狼。

其實草原狼在美國本土幾乎每個州都有，不過能從棲息的草原潛進人口密集的紐約市，也是不容易的。

野狼和人類的關係一直是似遠又近。從童話中的三隻小豬或小紅帽，到《聖經》中會吃掉迷途羔羊的大壞蛋，野狼一直以邪惡的象徵出現在我們的文化裡，對狼的恐懼也化身在色狼或狼人的形容詞裡。可是又有多少人看過真正野生的狼呢？雖然在演化過程中，狼把牠的近親「狗」，貢獻給人類變成最忠實的好朋友。

在一百多年歷史的童軍運動中，創辦人英國貝登堡爵士以英國第一位獲得諾貝爾文學獎作家吉卜林的叢林故事集為活動藍本，那位被狼群撫養長大的人類孩子毛克利的冒險經歷，就成為童軍的野外冒險活動及儀式的來源，總算讓全世界無數青少年稍稍了解狼群的本質。

的確，野狼一直被大人們所誤解。狼與人類一樣，是最具社會性的肉食動物，牠們尊敬長者，教導幼者，更能與同伴合作，狩獵時專心狩獵，遊戲玩耍時也能盡興嬉鬧，總是充滿著好奇與觀察探索世界的興趣，面對困境更有著堅忍不懈的毅力。

最近看到一個研究，這是俄羅斯遺傳學家長達六十年的超長期研究，探索動物馴化的奧祕，尤其想了解人類最初如何把狼馴化成狗。

這個由遺傳學家組成的團隊，以野生的狐狸為對象，以人為選擇性地育種狐狸，至今已進行了五十八代的實驗。

他們會把每一代的狐狸選出最溫馴的再繼續育種，到了第六代，幼狐就開始呈現小狗般的行為。

研究人員也把具攻擊性母狐的胚胎移入馴化的母狐子宮裡，想了解溫馴和攻擊性是否來自基因的遺傳。

結果發現，幼狐的行為像牠們的親身母親，而不是代理孕母，因此證明溫馴和攻擊性來自於遺傳性狀。

近些年因為遺傳研究技術的進步，已經可以確定已馴化狐狸的特殊行為表現和外觀型態的特徵，來自於第十二號染色體基因的突變，而突變是可以再遺傳下去的。

其實類似的研究在其他動物也有做過，不管天擇或人擇，物種因應環境變異的求生本能的確是很厲害的。

飄揚在春夏間的自然盛宴

近年油桐樹的花期很不穩定，夙有五月雪美名，如雪片飛落的油桐花，以前都在五月時降臨，但是現在有時候四月就有，甚至好幾年莫名其妙在秋天也出現油桐花。不要說台灣各地海拔高度不同開花時間有差異，連我住的社區裡不同地方的油桐樹花期也不一。

家門口在車道兩端各有一棵油桐樹，花期也差了一個星期，整天飄飛的白色油桐花，信箱及車子鋪滿白色小花，真是浪漫極了。

社區後山有臨溪的步道，山徑中一小段路邊接連著有幾棵油桐，花開時這段長約三十公尺的小徑彷彿鋪滿著白花地毯，讓人無法踩踏前進。

躊躇再三，勉強往前，回頭看，發現新的落花立刻修補了我剛剛踩過的地方。

坐在溪邊的石頭上，一邊看著落花隨著水流漂走，一邊雙手在空中捕捉著旋轉中的白花。油桐花開，花落，明年一樣會開，會落，但是歲月流逝卻一去不復返，甚至此時

此刻的經驗，一旦過去，再也無法重現。縱使人事時地物可以勉強複製，但是人的心情一旦過了，卻是再也無法尋覓。

我所住的這個鄰近台北烏來山區的山城裡，每到四月底五月初，都會舉辦二個星期左右的活動，稱為「花蟲季」，花，當然就是油桐花，蟲呢，就是螢火蟲。

螢火蟲是我們五、六十歲這一代人的鄉愁，因為小時候大概都有在住家附近追著螢火蟲嬉戲的童年記憶，但是很快地，隨著民國六十年、七十年，社會迅速變遷，道路住宅，以及都市化的發展，我們在忙碌中完全忘了還有螢火蟲這件事，也忘了人在自然中奔跑的快樂。

民國八十四年荒野保護協會成立那年，我們在台北三峽有木國小附近舉辦第一次賞螢的活動，在那一百公尺不到的田邊小徑，竟然有成千上萬隻的螢火蟲飛著，多到真的是走動就會與螢火蟲撞個滿懷的誇張程度，當晚所有人彷彿進入了夢幻國度，也憶起了童年。

自此，螢火蟲勾引起的鄉愁與來自大自然溫柔的召喚，是台灣新一波環境運動的開始，有別於民國七十幾年解除戒嚴前後因為對抗威權而發起的環境抗爭。

的確，不只在台灣，全世界對環境保護運動的關注，其中最容易象徵自然保育運動的代表性昆蟲，大概就是螢火蟲了，因此在全世界各地都有螢火蟲的人工復育計劃，除了對於那神奇的螢光的浪漫遐思之外，螢火蟲也是河流恢復清澈的代名詞，因此往往被當作環境保護的指標。

其實，螢火蟲不只出現在夏天，除了冬天，其他季節都看得到，全世界有二千多種螢火蟲，台灣有五十多種，每年三月底到五月底，數量最多的黑翅螢是一般人在近郊最容易看到的，其實六月到九月在某些較小的區域也還是可以看到許多不同種類的螢火蟲，只是數量比較少一點，賞螢的時間在太陽剛下山到晚上八、九點以前最適合。你在秋天看到的，大概是體型最大的山窗螢，在低海拔的山區就可以看到，若是到海拔兩千公尺左右看到的，大概就是短角窗螢了。

賞螢的時候不能有燈光干擾，像三峽有木國小那個田邊小徑，第二年我們再去時就完全沒有螢火蟲了，一則是山徑拓寬而且裝了路燈，二則是附近的稻田噴灑農藥。

手電筒或路燈的強烈光線，都會妨礙牠們尋找另一半的機會。因為對於螢火蟲而言，閃光就是牠們的語言（其他昆蟲大多數是靠氣味），這是牠們溝通的方式，雄蟲一旦發現有發光物，就會飛近看一下，前方若不是雌蟲就會飛離，若是雌蟲，就會停留在牠前面，發出獨特的閃光，若是草叢裡的雌蟲喜歡牠，接受牠，就會閃一下回應，若是不接受就沒有反應，雄蟲就會離開。因此螢火蟲的閃光是尋找配偶唯一的工具。

螢火蟲的成蟲一般壽命在一、二星期左右，但是在正常情況下，雄蟲在交配過後不久就會死去，雌蟲在交配過後在幾天之內陸續產卵，產完卵之後不久也會死去。卵孵化後，有的種類的幼蟲在溪裡生長，有的在潮溼的土裡生長。但是即使在溪裡生長的幼蟲，也會爬上岸在土裡變成蛹，大部分螢火蟲是一年一個世代，有的種類比較短，大約五、六個月。

螢火蟲的腹部末端有發光器，雄蟲有兩節，雌蟲只有一節，發光器的表皮透明，裡面有許多像葉片一樣的小葉，是由發光細胞所組成，內層可以反射光線，又稱反射層。牠的發光是靠發光器裡的化學物質加上水，經過氧化反應產生的。不同類的螢火蟲有不同的閃光顏色，不同的閃光頻率，不同的閃光應答的時間來辨認對方，以進行交尾。不同種類的螢火蟲會相殘食。其實螢火蟲在黑暗中發出的光似乎很明亮，但其實很微弱，因此我們眼睛看到的印象是一種心理作用。

其實只要有適當的環境，也就是原本天然、沒有汙染或人為干擾的自然環境，牠們就可以存活下來，並不需要大費周章，花很多錢去做人工復育，而且牠們需要的清新空氣，清澈的溪水，沒有汙染的土地，不也是我們人類所需要的嗎？

台灣野外最危險的生物

暑假是帶孩子旅行的好時節，尤其近年來露營活動正夯，許多家長都會利用假日呼朋引伴，幾個家庭一起出遊，住在山林裡，白天走走步道，玩玩溪水，是很好的親子甜蜜時光，而且花費也不多。

但是進行野外活動當然要了解自然生態，尤其對於有危險的生物更要小心，破壞美好的假期不說，有了身體傷害甚至生命危險就划不來了！

通常我們以為野外最危險的是毒蛇，但其實這些年來被毒蛇咬死的消息非常罕見，倒是任何大小活動裡不時就傳出有人被蜂螫，而每年因蜂螫過敏而喪失寶貴生命的人數至少都有好多位甚至十來位，其中虎頭蜂更是會主動攻擊人，堪稱是台灣最致命的野生物。

蜜蜂通常不會隨意叮人，因為蜂的螯針是產卵管變的，有倒勾，所以螫了人之後牠們也會死掉，所以不是為了保護蜂巢，牠們也不會隨意犧牲自己的生命。但是虎頭蜂不一樣，牠們的螫針是可以反覆叮刺的，不只毒液非常致命，還會主動攻擊人，非常危險。

台灣有七種虎頭蜂，會在都市住家附近築巢的多是腹部前半段鮮黃色的黃腰虎頭蜂，是虎頭蜂中最溫馴的一種，也從來沒有螫死人的紀錄，最危險的是在山林野外築巢的黑腹虎頭蜂，真的是又凶又毒，牠的毒液包括了會讓心肌與呼吸麻痺的神經毒，也有會引起我們過敏性休克的蛋白酶，有不少人被一隻叮到就休克死掉了呢！

在野外看到虎頭蜂接近身邊，要先冷靜地觀察牠只是路過，還是在我們頭上盤旋警告，不要揮舞衣物去驅逐，可是如果是看到有兩隻以上在頭上盤旋，一定要立刻拔腿就跑。因為在蜂巢十來公尺範圍是牠們的警戒區域，並會派遣偵察蜂巡弋，若是我們沒有注意到牠的警告，偵察蜂就會從毒針噴出警戒性的費洛蒙，在蜂巢外守衛的蜂接到訊息，立刻會趕到現場助陣，當然也會分泌同樣的費洛蒙通知其他同伴，因此若是我們留在原地，攻擊的蜂群會愈來愈多，而且牠們一旦開始攻擊，就不會停止，所以迅速地脫離現場是最好的辦法。

夏天的虎頭蜂還好，通常忙著築巢，覓食、照顧幼蜂，為蜂巢搧風降溫，忙得不可開交，所以通常不太理人，只要不是太接近蜂巢妨礙牠們進出，牠們也不會離巢來攻擊人。反倒是秋高氣爽，適合登山走步道露營的時候，是牠們最凶的時候。

很多人被虎頭蜂攻擊就是因為不知道在秋天牠們脾氣最差，以為這條路經常在走，也常常看到虎頭蜂飛來飛去，都沒事，就忽略了牠們的警告，所以就被攻擊了。平常牠們警戒範圍是蜂巢附近幾公尺，到了秋天範圍有時候會擴大到四、五十公尺呢！

虎頭蜂的生命週期以一年為循環。一開始是每年二、三月，躲在石頭或樹木縫隙過冬的虎頭蜂后從冬眠中甦醒飛出來，找到適當的地點，自己築出一個非常小的巢，產下第一批卵開始，很快卵孵出第一批工蜂來幫忙後，蜂后就可以專心產卵，其他所有照顧幼蟲、尋找食物以及築巢的工作，都有工蜂幫忙，所以蜂群數目就能夠迅速增加，蜂巢也不斷擴建，大家各司其職，非常的忙碌。到了秋天時，蜂群達到最大數量，蜂后也產下最後一批卵，這些卵將全部成為后蜂（有能力產卵的母蜂），冬天到了，在其他所有成蜂都死亡後，這些后蜂會找一個隱蔽的地點越冬。因此進入秋天之後，這個族群的虎頭蜂是不是能夠順利撫育出最後一批雌蜂，攸關整個種族的存續，若當此時，蜂巢受破壞或蜂后產卵被干擾，牠們沒有時間與機會重新產下一代時，整個族群就會絕種，這也難怪虎頭蜂到了秋天壓力就特別大，情緒特別緊張，保護蜂巢更不能出一點差錯，我們稍一接近，牠們當然就要警告了！

野外常見有危險的除了虎頭蜂之外，還有些有毒的毛毛蟲。台灣的毛毛蟲種類非常多，但是只有三類有毒毛，也就是刺蛾、毒蛾及枯葉蛾三類，毒蛾的數量比較多，皮膚接觸到牠的毒毛，會又癢又痛，進而發炎紅腫。

毒蛾類的毛毛蟲，最大的特徵是除了背上長滿毛之外，另外有三束密集叢生的毛，尾部上也有另一束，因為只有尾巴上那叢毛有毒，所以牠常常會仰折上半身將背上三叢毛去沾尾巴的新鮮毒液，這個動作也是辨識毒蛾毛毛蟲的特徵。

刺蛾毛毛蟲也有毒，長相很特別，不是呈扁扁的橢圓形就是短短方方有如玩具電車，顏色是幾種鮮明對比色彩所組成的複合圖形，跟周遭樹葉的顏色完全不同，鮮豔又漂亮，非常明顯，反正牠有毒毛當武器，也不太怕別人。

枯葉蛾比較少見，體型比較大，頭的兩側有兩撮長毛，像是長角一般，牠的毒毛一束一束等距離分布在背上，平常可以收縮而不易辨識，一有風吹草動才露出，雖然牠的毒性不如刺蛾和毒蛾，但是牠的毒毛較硬易斷，刺入皮膚往往不太容易清除掉。

若是不小心被這三種毒毛毛蟲碰觸到，最簡單的方法就是用氨水，也就是阿摩尼亞或者尿液中和毒液的強酸性。

野外除了這些蜂及毛毛蟲之外，還有長得比較高的咬人狗及較矮的咬人貓，這些植物葉片的細毛碰到了皮膚，也是會紅腫癢痛而過敏，要小心辨識與避開不要接觸到。

來一客漂亮的鮮花大餐

荒野保護協會的自然解說志工在帶民眾接近大自然時，不管介紹到什麼植物，最常被問到的問題是：「這東西可不可以吃？」常使得我們那些解說員又好氣又好笑地回答：「可以吃，通通可以吃，如果你願意的話，果汁裡的塑化劑也是可以吃的！」

雖然愛吃的華人，天上飛的地上跑的海裡游的，什麼東西都會想盡辦法吃到肚子裡，可是滿奇怪的，吃花的人倒不多，似乎大家都認定花只是用來觀賞用的，忘記許多植物的花朵本身是可以吃的，就像是金針花以及花椰菜，我們吃的也是植物的花。

學生時代有個朋友郊遊時在河邊採了一束野薑花送我，讓我小小的宿舍芬芳了好多天，也給了我靈感，之後在摩托車置物箱裡放了把美工刀，每當要去找女朋友時，跨上摩托車之前，會左右看看沒人的話，就偷偷割下一朵房東在停車場邊邊種的玫瑰花，這是所謂的「借花獻佛」也，不過當時也沒想到，野薑花與玫瑰除了花香與賞心悅目之外，也可以入菜。

據統計，台灣種的花卉，百分之九十九以上是用來觀賞，只有不到百分之一是種來食用，如用在花茶的杭菊或洛神花，不像國外在各種餐點都可看得到鮮花的身影，不管是燉菜、湯類、沙拉或者焗烤，飯後的甜點、果凍及冷飲也常常配上鮮花，或做成醬料的也很多。

曾經在朋友家吃過幾次令人驚豔的鮮花料理，除了餐廳也吃得到的炸野薑花之外，蔬菜沙拉裡漂亮的鮮花，沾點油醋就令人食指大動，其他在魚、肉、蔬菜料理搭配的鮮花，也給人全然不同的感受，自己打的冰沙飲料加上鮮花，在味覺之外，也加上了視覺與精神上的享受。

不過這些入菜食用的鮮花最好不要是市場買的或自己在公園野外採來的，因為我們不確定那些花有沒有被噴灑殺蟲劑或除草劑，最好是自己種的，現在很多人在陽台常常種一些香料植物，若能加上幾盆自己喜歡的花朵，當要烹飪時在自家現採現摘，安全又有情趣。

採摘時最好趁著清晨花剛綻放還沾著露水時，香氣也最濃烈，整株放在水中可以保持幾個小時的新鮮，若要放比較久一點，可以擺置在潮溼的紙巾之上，放入密閉的容器中放到冰箱冷藏，這樣處理有些可以維持十來天的新鮮。

烹調時要小心把花朵中的雄蕊、雌蕊還有花萼及花莖移除，免得帶有苦味。雖然大部分的蔬菜和香料植物的花朵都可以吃，但是還是要小心一點，要確定這是來自什麼植物的花，有沒有毒。比如花園裡常種的長有鈴鐺形狀花朵的毛地黃，整株植物，從根莖葉到花，都有劇毒，也是古典推理小說中常被凶手使用的毒藥。其他如水仙、附子花、鈴蘭以及院子裡常常生長的姑婆芋，都要小心辨認。

其實住家陽台若能擺上幾盆不同的植栽，一年四季就都有花可以欣賞，也可以招待朋友吃現採的花朵大餐，比如春天的三色堇、蒲公英、勿忘草、紫羅蘭、報春花、鬱金香、木蘭花……等。

夏天有玫瑰、薔薇、薰衣草、金盞花、秋海棠。秋冬有葡花或山茶花。

飲食在這個時代已經不只是填飽肚子的事情，假日在家裡親手做些料理招待朋友也是高品質的休閒活動，以花入菜，更可以增添情趣與話題，是兼顧身心靈的生活藝術。

卷二　因為山在那裡

田園城市不是夢

新任台北市長上任之後，除了忙於除弊建立SOP之外，還丟出許多新的措施，所謂百日維新，其中令我眼睛一亮的就是田園城市的規劃。

當然，對於原先所想的要盡量利用台北市區內的人行道或路中間的安全島種菜，立刻被媒體批評，專家學者也以安全及衛生、景觀為理由否決，但是除了人行道、安全島之外，都市裡的確還有許多我們忽略的空間可以用來種菜，不管在戶外或室內，屋頂或陽台，以及廢棄或閒置的空間或住宅，有太多太多可以利用的地方，種菜不只可以食用，植物可以改善空氣品質，過濾與聚集雨水，降溫減少城市的熱島效應，而且當整個城市觸眼都是綠色植物，可以使我們精神愉快、增添生活的幸福感。

其實柯市長想在公園、學校或市區空地種菜，並不是突如其來的異想天開，各國大都市在近年早有許多成功的範本。

二〇一二年倫敦舉辦奧林匹克運動會，並沒有大興土木將空地變高樓，反而在城市裡空地處開闢農園，新增加了將近兩千個社區農田，並且鼓勵非營利組織承租較大面積的公園土地，改成農田供居民耕種。

除了由政府直接營造這些農田之外，也鼓勵一般民眾將自己閒置的土地讓有心想當農夫的人耕種，用「以物換地」的方式承租，並透過網路來協助媒合地主與民眾，這些年來也有好幾千英畝的閒置土地變成農田。

除了英國之外，人口密集的日本東京，這些年也興起了在都市務農的新流行時尚，有不少都市農夫在東京最繁華的銀座商圈頂樓養蜜蜂，也有不少人租下大樓的屋頂平台，改造成一格一格三公尺平方的小單位農地，租給大樓的上班族種菜。

甚至有許多公司在辦公室內也闢建成農園，將原本常見景觀用的綠色植栽，改成不用土壤就能栽種的香菇、木耳、番茄、茄子等等蔬果，牆面、隔間爬滿真的可以摘回家食用的植物，不只提高員工的工作精神，還能讓來賓、客戶驚豔萬分。

想想看，在繁忙高壓的辦公室裡，在休息空檔大家輪流照顧，不只能發揮「園藝治療」紓解壓力的效果，還能吃到親手種植，看著它們一天天長大的有機蔬果，對身、心、靈的健康實在有莫大的助益。

因此室內空間的利用，尤其是牆壁以及垂直空間，往往是我們忽略掉的，現在的確已有許多新的植栽技術可以在室內種植安全的有機蔬果，這應該是非常有前景的綠色永續科技。

記得前些年看過一則研究報導，當生產基因改造食品的大企業不斷以富含維他命A的稻米來宣傳基改食品對非洲人民的夜盲症的療效時，長期在非洲努力的非營利組織發現，要透過黃金米吸收到足量的維他命必須吃進非常大量的黃金米，另外更重要的是，那些營養不良的貧窮老百姓根本就買不起黃金米，所以那個基改樣板的黃金米沒有達到任何實際效果。

如何讓貧無立錐之地的窮人有東西吃，甚至有機會自給自足？救援團體在近年利用牆面植栽的技術，提供給他們自己種植可食用的糧食，因為這些窮人沒有自己的土地，但是在睡覺棲息之處總會有一片牆吧？這種可以沿著牆壁往上生長的蔬果，真正有效地改善了這些窮人的健康。

不管在非洲、倫敦、東京或台北，我們都共同面對這個時代的挑戰，我們必須以新的思維、新的做法，才有機會確保整個人類社會的永續，所以田園城市應該不只是夢想，而是邁向未來的新起點。

從植生牆到立體農場

十多年前從日本開始流行「半農半×」的概念，這幾年也真實地在台灣發生。所謂「半農半×」的意思是一個人應該花自己一半的時間做農夫，種自己要吃的菜，另一半時間找到自己的生命職志，貢獻社會。

在這訊息太多，變化太快的社會，虛擬的影像世界占據了我們所有視線所及之處的時代，能夠流著汗跟真實的土地接觸，然後看著植物一吋一吋在成長著，的確很能夠療癒現代人空虛的心靈，也因為這樣的經驗啟發，讓很多人相信，一定有一種生活，可以不再被時間與金錢逼迫，回歸人類本質，也一定有一種人生，在做自己的同時，也能夠貢獻社會。

這樣的風潮吹向全世界，尤其二〇一二年在英國倫敦舉行奧運會時，做了最好的示範與宣傳。

全世界各個國家各個城市為了舉辦奧運會，無不大興土木，將農田變成高樓，倫敦卻反其道而行，將高樓變回農場，將學校、大廈屋頂、教堂四周空地或都市角落，全部變成都市農場，在奧運會前，倫敦就建構了二千個這種社區農田。

同樣的，日本也有市民在東京最熱鬧的銀座商圈的大樓屋頂，開始養蜜蜂，幾十萬隻蜜蜂就跟銀座熙來攘往打扮入時的潮男潮女共享這個商圈。

也因為如此，台北市的素人市長一上台就宣布要將全台北市的公共空間，學校政府機構大樓的屋頂，閒置的空地或畸零地，乃至於街道兩側行道樹間或安全島，全部開放出來讓民眾認養種菜。

市長的立意與決心很前衛，但是限於法規、管理與種種因素，很可惜的，終究還是雷聲大雨點小。

當然，開放公共空間讓不特定對象來經營，的確有很多枝節問題要處理，但是這些年一般民眾用自己住家頂樓或客廳陽台，甚至只是凸出去的窗台，種植一些水耕蔬菜或香菜，是很容易且可行的。

不過，我最欣賞的是東京某個機構在辦公室打造的農園。從一進大門的接待櫃台就令人驚豔，黃瓜的藤蔓順著牆面爬滿了棚架，也交織出賞心悅目的迎賓綠色廊道。

除了大廳之外，廁所、會客室……等等地方，也都種植了各種蔬菜，尤其是那些不必在土壤裡，直接透過營養液就可以生長的香菇、木耳、番茄、茄子、檸檬……等等蔬菜水果，這些菜可以供公司的員工餐廳加菜用，更棒的是，在辦公室裡種菜，除了吃到親手種的健康有機的食物之外，也的確能在高壓忙碌的工作環境中，發揮園藝治療的紓壓效果。

這種將牆壁變成植物得以生長的空間，的確值得大力推廣。的確，植生牆是很好的概念，都市裡空間再怎麼昂貴，即使你沒有屋頂可以用，沒有陽台沒有窗台，但是總會有幾片牆吧？

現在已有公司在賣「神奇栽種箱」，就是掛在牆面上，不必使用殺蟲劑，也不必除草或花太多勞力與專業，就可以種出蔬菜水果，可以自己吃也可以拿到農夫市集賣，我覺得這是值得大力推廣的都市農夫新典範。

美國曾經有個研究報告，試著算出經營立體農場的經濟效益。若是將整棟建築物變成農場，除了沿著牆面，還可以在室內一層一層地堆疊來種植，充分利用都市裡寶貴的空間，或許這也是人類邁向永續社會的解方之一？

曾經有人在室內以水耕系統種草莓，一層又一層地疊上去，在室內種植，只用了一畝的地，就種出了以前在農場占地三十畝才能產生的量。

這篇論文的作者說，單單在紐約就有數百棟廢棄的大樓，如果單單一層房子就可以種出三十倍土地的農作物，那麼如果三十層或五十層的房子呢？

作者甚至估算出，只要有一百五十棟這樣的大樓，就可以提供整個紐約數百萬人口所需的食物。

其實不管在室內種蔬果，或在大樓內外牆的壁面或屋頂種植物，除了實用性的足以提供安全的食物之外，還具有視覺美觀以及紓解壓力的功能，同時還可以減少建築物冷氣的成本，為節能減碳貢獻一點心力，最後還可以改善都市整體的空氣品質，真的是一舉多得。

是的，只要有牆，都市農夫不是夢，人人都可以是都市農夫。

台北市裡兼具歷史意義的大自然景點

最近有朋友的朋友輾轉找到我，因為他義大利的記者朋友，正在寫一本關於歷史和文物的書，想把台北也記錄在他的新書裡，因此希望我提供台北市裡七個非去不可而且兼具歷史意義的大自然景點。

我想了一下，列出七個地方供他參考（附在本文後面），其實什麼是所謂具有歷史意義，當然是見仁見智，但是我覺得任何一個地方的所有發展，不管是產業、生活、文化習慣，一定是根據當地的自然環境，也就是有什麼的自然環境，就會衍生出屬於那個地方獨有的人文素質，因此，不管明顯或不明顯，或大或小，任何自然環境都一定有它的歷史意義，即便只對特定的少數人。

後面附上我提供那位朋友的朋友參考的建議。

（一）小觀音山與寶藏巖

在熱鬧的公館夜市邊，山的一側是自來水博物館，日治時代從新店溪取水後在此處理供台北市民使用，另一側就是類似香港從前的調景嶺，一整片兩百多戶違章建築沿山坡層層疊疊長出來的，很獨特的建築形式與族群文化。

在此地你要爬過許多人家的屋頂，穿過別人的後院才能進得了家門。現已將這二百多棟建築改為「寶藏巖國際藝術村」以及「國際青年會所」。

（二）台北市裡的祕密花園——富陽自然公園

離捷運麟光站步行五分鐘，從街市轉入公園，不用一百公尺，就進入一片貨真價實、百年來未經破壞的原始森林。

這裡從日治時期就是軍事彈藥庫，除了少數人為建築的庫房，其他整個山谷都成為管制森嚴的區域，也因此保留下一整座沒有人為干擾的森林，而且居然位在台北市大安區與文山區交界，也就是人口稠密的都市中心。

歷史的發展有時很弔詭，原本是軍事管制區不准民眾接近的地方，在百年後，竟然成為都市裡珍貴且難得的綠寶石。

（三）天母水管路古道

從中山北路七段，天母地區的巷弄步道往上走，一個半小時可抵達陽明山文化大學附近，沿途可以看到黑色巨大的水管從紗帽山的水源處，一路往山下延伸至山腳的三角埔發電所。

從日治時代起，紗帽山水源地引出的泉水，供應台北盆地北邊天母士林民眾的生活用水，目前在水源地還留有淨水場的石屋、氣曝室，以及造型古樸又典雅的石橋。步道平緩而陰涼，林相豐富，途中岔路還可以前往鮮為人知、清幽且非常漂亮的紗帽瀑布。

（四）關渡紅樹林

淡水河出海口的紅樹林，是全世界紅樹林分布緯度最北端，以落地生根的水筆仔聞名。

一九七〇年代，政府打算將紅樹林填海造陸，整個區域蓋國民住宅，幸虧由當時剛返國的一批學人，比如林懷民、蔣勳、龍應台、馬以工……等人寫文章呼籲應該保留這個溼地，這個開發計劃就此停止，這大概可以算是台灣環境保護運動的起始。後來經保育團體努力數十年，終於在西元二千年，台北市政府花了一百多億台幣將此區域規劃為關渡自然公園，為這片紅樹林取得永久居留權。

（五）芝山岩

從芝山岩這座位在士林鬧區附近的小山，就可以認識整個台北盆地的歷史。古代台北盆地是一個湖，先人沿淡水河划小船進入台北湖，湖中的小島就是芝山岩，有些人在此定居，因此芝山岩遺址發現了三千多年前大量的貝殼，以及石器、骨角器，甚至還未腐爛掉的木器。

芝山岩壁和小山丘頂部的岩面上有水蝕壺穴，可以知道當年水位的變化，而且在這裡可以找到海岸植物，比如穗花棋盤腳，也可證明這裡曾經是靠海的溼地。

芝山岩有四個隘門（現只剩西跟北兩個），這些隘門是來自福建的漳州人與泉州人因爭奪地盤發生大規模械鬥時，漳州人為了防禦所搭建的城牆。

（六）北投溫泉博物館與地熱谷

位在北投公園內的溫泉博物館，一百多年前建造，是當時全東南亞最大的公共浴場，木結構建築，保留完整。

北投公園又是整個北投溫泉區的中心點，沿著山徑走可到少帥禪園，這是日治時期的新高飯店，後來作為張學良軟禁的居住地方，現已開放成餐廳及高級溫泉浴室。

附近也有自然景觀地熱谷，終年蒸氣瀰漫，又稱為地獄谷，是硫磺氣及溫泉水的出口，提供北投溫泉大部分的水源。

（七）大油坑

在大屯火山群七星山北邊，是一個活動非常旺盛的地熱爆裂口。坑內硫磺氣四處逸散，山谷內布滿鮮黃的硫磺結晶，硫磺在熔化後會變成橘紅色的油狀液體，這也是地名油坑的來源。

硫磺是古代製作火藥的主要原料，而大屯山是台灣唯一的硫磺產區，所以三百年前清朝就派人來開採，是重要的國防工業。郁永河的台灣遊記也特別記載。

因為山在那裡！

——比基尼登山客罹難的隨想

「為什麼要登山？」

英國著名的登山家馬諾里攀登聖母峰後，記者們問他這個問題。他回答：「因為山在那裡！」

這句傳誦世界的名言，相信台灣大多數家長是不認同的，若是孩子以這個不像答案的答案回答父母的質疑，一定會被罵，認為這是狡辯，是藉口。

除了反對孩子登山，我們也禁止他們接近海邊、溪邊，台灣的父母不希望孩子去冒險，政府也害怕老百姓從事冒險性的戶外活動，只要有哪個地方出了意外，就封閉不讓人去玩，或者設置太多安全措施，比如蓋欄杆或圍牆，把自然景觀都破壞了。

因此，最近有「比基尼登山客」之稱的山友墜谷身亡消息傳出後，一開始輿論如同往常以批判角度為多，認為這種會著比基尼泳裝在山頂拍獨照的人，一定是愛現又莽撞的人。

不過不久後，有關她的訊息披露愈多後，評論的觀點就有所不同了。首先，她是位傑出的登山友，雖然五年前才開始登山，但是只花四年就登完了台灣百岳，其中有九十七座都在攻頂後換裝穿比基尼拍照，用比較吸睛的方式讓民眾看見高山之美，而且她一年有三分之一以上的時間都在山裡頭，後來她攀登的都屬於探勘型路線，不是尋常好走的步道與山徑，包括這次她罹難所走的路線是中央山脈南三段，由盆駒山沿著陡峭稜脈，下到郡大溪支流河谷再往上接到無雙吊橋，她失足處不是一條既有山路，而是一道接近九十度的峭壁，僅容一個腳掌空間的路徑，崎嶇難行，搜救人員在這短短四十公尺就走了二十五分鐘。據說這條路徑有原住民早年祖先的歷史遺跡。

其次，這位比基尼登山客並不是莽撞之徒，她有攜帶GPS、衛星電話，以及一切必要裝備，並且安排留守人員以及詳細的登山計劃書，若不是因為山區的大雨而失溫，這次墜谷以她萬全的準備，應該也不至於罹難。

當然，假如她有伴同行的話，情況也會不一樣，至少可以協助骨折受傷的她搭帳棚擋雨防溼。的確，獨自一個人登山是有風險的，這也是境內有許多大山的台中市、南投縣已公告施行「登山活動管理自治條例」，規定進入特殊管制山域，除了必須申請入山許可，還要由專業領隊帶領。

是的，比基尼登山客沒有申請，當然更沒有領隊，但是我有很多朋友，哪一個不是經常背包一揹，就獨自往山裡走，一個人行走在山野間，獨自面對廣漠、壯麗又神祕的大自然，那種心靈的滿足，是不足為外人道也，因此對於像她這麼有經驗的傑出登山客，而且每年有一百多天是走在山裡面，一定要找到伴同行，的確也算是強人所難的。

不過，她的罹難，卻也讓社會大眾知道，預防登山失溫是非常重要的事。因為她的遺體被發現時，除了已穿著禦寒衣物之外，也用衣服、鋁箔、甚至外帳覆蓋身體來保暖，但是因為受傷無法搭帳棚擋風遮雨，終究還是失溫致死。

據統計，登山意外事故，雖然最先引起的也許是受傷或其他各種因素，但最後真正致死的原因大多是失溫。不一定要冷到下雪才會失溫，其實即使溫度還好，但是因為潮溼而迅速由皮膚蒸發水分帶走的體溫，或者颱風的風寒效應，都會在或許不是太冷的季節而失溫休克。人體的體溫只要低於攝氏二十八度，即使在設備最完善的醫院中，也是無法救活的，因此，野外活動的保暖應該是第一要務。

所以在野外要保持衣物的乾燥，過夜時找個能遮風避雨之處，而且要準備能快速產生熱量的食物，如糖果、巧克力，隨時補充足夠的熱量。

感覺寒冷時千萬不要喝酒，記得看過一些早期的電影演過，救難犬脖子上掛了一瓶白蘭地，這是非常錯誤的示範。因為喝酒造成的溫暖感覺是一種假象，酒精能夠使我們的心跳加快，皮膚的微血管擴張，雖然立刻會讓我們覺得溫暖，但其實體溫流失得更快。

寒冷時我們覺得皮膚會冰冷，是因為我們的周邊血管收縮，這本來就是身體用來減少體熱流失掉的防衛方式，但是我們喝的酒卻會阻斷了這個身體的防衛本能，反而失溫得更快。

另外，登山時最好選擇「防水透溼」材質的機能衣，一方面能夠阻止雨水淋溼卻同時又能將汗排出，能讓身體保持乾爽舒適之外，也能維持體溫。

台灣四面環海卻擁有許多高山，是非常獨特的高山島，很適合從事各種自然活動，但是任何戶外活動都有一定的風險，但是只要我們具備相關的知識，了解大自然，就可以將危險降到最低。

就像當初先民渡過黑水溝來到台灣開疆闢土，我們也要鼓勵孩子，鼓勵自己，勇於冒險，探索世界，開拓視野，建立自信。不過，就像我的好朋友——海洋學家蘇達貞教授常說的：「偉大的冒險家從不做冒險的事」，因為大部分的意外，除了輕忽之外，都來自於我們的知識不足。

我們要了解大自然，而不是要害怕大自然，我們要謙卑地接近大自然，才能享受大自然的美好，千萬不要因為活動的意外而阻礙了我們與大自然接觸的機會。

從非洲豬瘟到剩食惜食

非洲豬瘟來勢洶洶，防疫措施已提升至國安層次，新上任的行政院長在就任後第一個視察行程就是到桃園機場，指示從疫區來的旅客手提行李必須做到百分之百查驗，期望能做到滴水不漏，讓病毒沒有可乘之機。

不過，百分之百查驗？這可苦了海關人員，等著過關的民眾將會大排長龍恐怕也是必然的，我相信應該會有不少人像我一樣好奇，這種措施會持續多久？

其實政府對非洲豬瘟如臨大敵，之前衛福部食藥署曾宣布另一個措施，因為擔心餵養豬隻的廚餘是防疫的漏洞，但是廚餘若不能餵豬，那麼該如何處理？目前台灣回收的廚餘有六成五是拿來餵養豬隻，但是台灣廚餘的回收率不到一成，絕大多數廢棄的食物被混在一般垃圾中一起焚燒或掩埋。

為了從根源減量，食藥署除了將積極宣傳倡導「惜食」的觀念，希望民眾上餐廳不要點過量，若真的吃不完，就打包帶回家。

除了道德勸說之外，也希望能參考德國的做法，對到餐廳用餐卻留下太多剩食的民眾處以罰鍰的機制。當然，這項政策只是在討論中，我相信依台灣的民情是很難真正實施與落實的。

其實，不需要政府倡導，華人自古以來就以各種傳說與禁忌，讓民眾珍惜食物，比如說，不珍惜食物會被雷公打，或者碗內的飯粒沒吃乾淨，將來會娶到或嫁給麻子……等等。

何況，最大宗的廚餘，或者我們擴大來看，食物的浪費，最主要不是在末端的消費者，而是從產地到運送、儲存及販售，每個環節都不斷地拋棄或浪費了珍貴的食物。

因此法國在二〇一六年便立法禁止大型超市浪費食物，強制這些大賣場必須捐贈未出售的食物給慈善機構，違反者最高罰二百多萬元台幣。義大利也在同一年通過新法，透過節稅以及簡化捐贈流程等方式，鼓勵超市把尚在食用期限內的剩餘食物捐給慈善單位。

為什麼要重新立法？就像為了食品安全的要求，目前台灣的食品衛生管理法第十五條就規定不得出售逾期食品，所以業者都把「還沒過期而快要過期」的食品當作剩食，就直接處理掉，免得在販售現場一不小心，因為店員沒有來得及把剛剛過期（即使只差一小時日期跨過一天）的商品下架，若讓消費者買到，造成消費糾紛同時也會傷及商譽。

但是這些可以吃的食物，除了少數生鮮的魚肉味外，上面標示的保存期限往往只是所謂「最佳賞味期」，也就是即便過期，其實還是可以吃的。同時，生產商也傾向將賞味期不斷縮短，這一方面是謹慎，怕萬一消費者吃出問題，官司賠償賠不完加上商譽損失的風險，而且從另一方面來講，當保存期限短的話，消費者買回家放冰箱一不小心就會過期，只好扔掉再重買，因此產商也可以賣得更多了。

食藥署在前年（二〇一七年）也曾輔導八大通路以及四大超商，設置即期食品區，為珍惜資源盡一點心力。

這些年有很多不同研究與調查報告，大約全世界有將近一半的食物在還沒端上餐桌前就被扔掉了，而家庭垃圾裡有將近一成是食物。

食物從超市或冰箱被我們扔掉之外，在產地就被「淘汰」掉的更是不計其數，這些食物並不是品質不好，而是因為大小不均等、顏色不討喜，形狀不規則，這些「醜蔬果」一方面不受消費者青睞，一方面也不符合全球化運輸體系所需要的包裝及裝箱需求。

這些年，在各國政府及民間團體的宣傳與努力下，希望能將這些「醜蔬果」或「格外品」（不符合規格的產品）能夠進入銷售體系，台北有個年輕人成立的團體，「格外有意思」就希望大家用不同角度看待這些醜蔬果；還有一個「人生百味」這個團體蒐集社區剩餘食材，招募志工烹調後再分享給街友。

當然，這些民間團體再怎麼努力，能觸及的層面還是非常有限，要真正降低從賣場或超市丟掉的食物，還是要從法律著手，首先要協助訂立捐贈者的免責條款，以免超市好心地將即期品捐給慈善團體，但是萬一有人吃壞肚子、食物中毒，責任由誰負責？

另外就是訂立獎勵措施，不然那些賣場直接將食品丟棄最省事，若要捐出去，還要浪費人力去處理。第三則是處罰，就像法國的作法，規定不同規模的賣場最高的食物廢棄量的比例，若超過就處罰。

這三個措施若能同時做到，相信就能有效地降低剩食的數量，那麼地球的自然環境承受的壓力才能真正改善。

因為現在很多地方，包括中南美洲的熱帶雨林不斷地被砍伐焚燒，都是為了種植農作物，所以珍惜食物，也是為了後代子孫的生存空間盡一份心力。

為什麼信魚不再守信

有很多魚都可稱為信魚。

對台灣來說，每年到了冬至前後，與黑潮反方向，從日本一路往南的洋流「親潮」所帶來的烏魚，被台灣的祖先稱為信魚。

冬天時節，烏魚南下避冬，尋找溫暖的海域產卵，當來到台灣附近時，卵成熟度最好，祖先捕撈後做成烏魚子，剛好是農曆春節團圓飯時家家必備的主菜，也是老天爺賞賜給漁民豐厚的壓歲錢。

從一九六〇年代有統計以來，每年台灣捕撈烏魚的數量大概都在二百多萬尾以上，一直到一九八五年起，一路快速下滑，八十萬、六十萬、三十萬……到了十年前，居然只剩三萬尾。

原因很多，除了人為過度捕撈之外，全球暖化海洋溫度上升，沿岸海洋的汙染也有關，另外就是大陸漁民在上游的地方攔截，少數漏網之魚才能來到台灣。逼得台灣的漁民只好到我們的國境之北，馬祖列島去競捕那已經愈來愈少的魚。

有人或許會好奇，如果捕獲量從二百多萬到二、三萬尾，連尾數都不到，那麼為什麼市場上還是有很多烏魚子呢？

原來我們現在吃的烏魚子七、八成是養殖的烏魚，另外就是從國外進口魚卵加工，真正台灣漁民從海上捕來的野生烏魚，大概只占市場不到百分之一、百分之二。

其實以現在的養殖技術來說，野生烏魚子跟養殖的烏魚子兩者的味道口感已經很難區別，但是養殖與野生烏魚最大的不同在於野生的要到冬季前後天氣變冷時，卵才會完全成熟，而養殖烏魚因為營養來源豐富，環境穩定，所以卵到了十一月就熟成了，若是太晚採收，已生成的卵會被自體吸收。

已經吃不到野生烏魚的現象，在其他魚種也都有類似的情況。在一九九九年底，即將邁入二十一世紀時，媒體採訪有管理學之父、趨勢大師中的大師之尊稱的彼得．杜拉克，詢問二十一世紀哪一個產業會最興盛？結果大師的回答跌破大家的眼鏡：「養殖漁業」，因為彼得．杜拉克已從各種實際數據中推論：「二十一世紀海洋的魚即將被人類捕光，因此人如果還要吃魚的話，只有靠養殖的！」

事隔十來年，國際最負聲名的《科學》雜誌，刊登了由歐美跨國學者聯合的研究報告警告：「如果過度捕撈以及海洋遭受汙染的趨勢不變，到二〇四八年，人類將再也享

受不到海鮮！」

人類的科技，已經即將把海裡的魚抓光了。

其實魚類是最永續的自然資源，海洋那麼大，魚產的卵又是數以千以萬，甚至一次就數十多萬之多，只要有陽光，就會有浮游生物有海藻，然後大魚吃小魚，小魚吃小蝦米，小蝦米來吃浮游生物，不勞人類費心照顧，大海裡的魚類資源應該是生生不息，但是，還是被人類捕光了，尤其台灣人特別厲害。

其實我們真的很會捕魚，近年已被禁用的流刺網是用單絲尾龍編織而成，長五十公尺，深十公尺的網片，往往連結數百至一千片，總長度三十公里到四十公里長的漁網，飄浮在海面上，攔截捕捉所有游過的魚群。

這種有「死亡之牆」之稱的網具被禁用之後，我們也發明了嚴重傷害珊瑚礁的漁具，一種大小通吃的三層圍網，等到三層圍網被禁用後，聰明的台灣男人又用二層或四層底刺網漁具來規避查緝。

台灣人真的很喜歡吃海鮮，幾乎已經到了無所不吃的境界，從最大的最貴的吃起，鯨鯊、象鯊、蝠魟、鮪、旗魚、翻車魚；一直到稀有的魚種，魚卵甚至連仔稚魚、魩仔魚也不放過。前一陣子看到旅遊雜誌的廣告宣傳：「珊瑚礁魚類美麗又可口」，差一點沒有昏倒，珊瑚礁有海底的熱帶雨林之稱，珊瑚礁魚類魚「種」雖多，但是「數量」卻很少，生態體系又十分複雜脆弱，「不吃活海鮮，以免吞噬海中熱帶雨林」是國際保育組織十多年來大力宣傳的保育行動，我們的媒體怎麼這麼沒常識啊？

那麼該吃哪些魚，才能又健康又環保？簡單講最好是選擇食物鏈底層的生物為主，如水母（海蜇皮）、蚵仔、淡菜、魷魚、虱目魚、沙丁魚、鯷魚、鯡魚、鯖魚等。有人會認為，吃人工養殖的是不是對海洋魚類比較沒有傷害，其實這也不一定，有許多養殖魚類只能餵食海中抓來的小魚，比如養殖鮭魚或鮪魚，生產一公斤的黑鮪需要二十公斤由鯷魚、鯡魚組成的魚飼料，非常不划算。

吃對魚，也就是吃一年就長大的、巴掌大的魚，不僅環保，也少了有毒的重金屬或戴奧辛在食物鏈中累積的危害，像黑鮪魚那類的大型魚類，同樣吃一份，魚內累積的毒素就比鯖魚多上好幾十倍呢！

海洋學家奧爾曾說：「假如我只能說一件威脅海洋健康最可怕最危險的事，而又是一切問題的根源，那就是人類的無知。」

的確，當我們了解什麼魚可以吃、什麼魚不可以吃時，我們才能夠確保我們的孩子還吃得到魚。

生物可分解塑膠真的能分解嗎？

最近環保署宣布，從二〇一九年七月十日起，禁止公部門、私立學校、百貨公司、賣場、連鎖速食店等餐廳，提供客人一次性「塑膠」吸管，消息公布後，引起社會廣泛討論，尤其對於國人喜歡的珍珠奶茶之類的飲品，若不使用吸管，真不知該怎麼吃，不過，對於關心生態環境的人，當然一致肯定政府這項友善環境的規定。

這些年有愈來愈多國家關心塑膠的汙染，法國將在二〇二〇年全面禁用塑膠盤子和杯子，而以觀賞野生動物的生態旅遊賺進大筆外匯的肯亞，從二〇一四年以來，為了保護動物，禁止使用塑膠袋，違規的人會被處以高額罰款，甚至必須坐牢。

企業也回應社會的要求，比如可口可樂公司就宣布，在二〇三〇年前，會達成並「回收及利用相當於」他們公司所生產製造的塑膠總量，也就是說他們用了多少塑膠，就會回收多少塑膠；生產醫藥產品的跨國大公司嬌生集團也逐漸減少塑膠使用量，比如把棉花棒的塑膠軸改成紙軸。

不過環保署規定不能使用一次性塑膠吸管，卻排除生物可分解塑膠吸管與塗布塑膠膜的紙吸管，環保團體認為，有為德不卒之嫌。

的確，二〇一五年聯合國環境規劃署已確認生物可分解塑膠是沒有用的解決方案，一方面不能減少流入海洋的塑膠數量，另一方面也無法避免對海洋生物造成潛在的化學或物理傷害，甚至，生物可分解這個標籤更可能會鼓勵民眾亂丟廢棄物。

目前市面上絕大部分的生物可分解塑膠並不能達到我們想像的，在丟棄後就神奇地消失，回歸到大自然裡，它們到了掩埋場裡無氧的黑暗環境，或是冰冷的海水裡，其實是無法分解。

許多號稱可分解，實際上只是在塑膠材料中加上玉米澱粉，因此塑膠袋只是比較容易裂解成細小的塑膠碎片，那些塑膠還是永遠都是塑膠，依舊對環境及生物有所危害。

對於塑膠廢棄物最好的處理方法，或許是在第一時間就回收轉化成有用的材料。

比如電影明星成龍就在國家地理頻道拍攝的紀錄片《成龍環保英雄》當中，將台灣小智研發公司黃謙智建築師所設計的移動式回收廠，送到青康藏高原上最偏遠的地方。

這台以太陽能為動力的移動式回收廠，可以放在卡車上載到需要的地方，能把塑膠碾碎、壓縮，製成可以用來蓋房子用的小磚瓦，不管是用在牆壁上或地板上都很理想。

我相信只要我們有願意正視問題與付諸行動的決心，人類的聰明才智與進步的科學技術，應該可以解決當前絕大部分的環境問題，只是要在情況沒有惡化到不可收拾前採取真正有效的行動。

吃素救地球

自古以來，有許多人是因為宗教信仰而吃素，但是近些年來有愈來愈多人因為各種不同的理由加入吃素的行列，有的是因為健康因素，也有的是基於保護動物的觀念，這些人甚至不使用任何的動物製品，包括皮衣、皮包或皮鞋等等，另外，還有一種愈來愈多的族群是因為環境保護的關係，他們相信吃素可以救地球。

(一)工廠式的畜牧業傷害了地球

現在我們吃的肉，不管二隻腳或四隻腳的動物，幾乎百分之百是人類養的，而不是從山裡獵來的，甚至連魚類從海裡抓的比率也節節下降，目前人類吃的漁產也有半數以上是養殖的。

畜牧業為了降低成本大量生產，幾乎都是集約式畜養，也就是像工廠生產線一樣，圈禁起來餵飼料。雖然經過不斷育種改良，不管是雞、豬或牛，都可以在很短的時間迅速成長而上市，但是即便所謂「換肉率」再怎麼提升，一隻動物總是要吃下很多公斤的飼料才能長成一公斤的肉，如果人類直接吃那些當作飼料的大豆玉米，對節省地球資源來說，一定是較划算的。

為了種這些作物，必須耗費大量的肥料農藥與殺蟲劑，以及灌溉系統與收割運送都必須耗費大量化石燃料，根據美國國家地理學會的資料，要養出一頭牛就得花上八桶石油。

除此之外畜牧業最令人詬病的是，為了種飼料用的大豆玉米，許多原始森林不斷被砍伐，再加上中美洲那些貧窮國家的貧窮老百姓，為了生存，不斷燒掉熱帶雨林改成牧場，根據國際雨林行動組織的調查，每生產一個速食漢堡所需要的牛肉，就必須毀損大約五平方公尺的熱帶雨林。

曾經擔任美國華盛頓州立大學動物系主任的專家，在他經典教科書《動物科學》裡也寫著：「為了一百一十三克的漢堡肉，必須砍掉一噸重的巴西雨林樹木」，自然界花了數十年才形成雨林，但是人們卻為了一口牛肉而摧毀它，雨林一旦消失，就永遠消失，至少在人類可預見的未來，是很難恢復的。

有團體曾經估計，若把真正的社會與環境成本算進去，一個漢堡真正的價錢應該是二百塊美金。

（二）水資源的耗損

聯合國曾經公布調查報告，全世界的淡水資源已不敷人類使用，國與國間將會為搶水而紛爭甚至戰爭。

美國水教育基金會曾計算，生產四百五十四公克加州牛肉需要九千三百二十七公升的水，比我們每天洗澡，洗半年所用的水還要多。這些畜牧場所需的水是抽地下水，這些地下水都是從上次冰河時期溶解的冰河留下來的，不像一般水庫或河流，可以靠降雨來補足水量，一旦這些地下水用光了，就絕對不會再有了。

其實台灣每年耗用的水也有一半是抽地下水，這些地下水也有一大部分來自深水井，也就是無法透過下雨滲透至土地裡來補充的。

當然，我想一定會有人認為，把這些埋藏在地下的水釋放出來，加入地表的水循環，不就可以增加每年的降雨量，反而是好事一樁。

其實這如意算盤恐怕無法如人所願，因為灌溉農地的水蒸發變成雨水，大部分會掉進海洋或其他人類無法取用的地方。

（三）率獸而食人

有位著名的宗教家曾經表示：「世界上每天有四萬個小孩因為缺乏食物而死。而我們為了吃肉而養動物，還把穀物餵給動物吃。我們等於是在吃這些小孩的肉。」

有錢人肉吃得愈多，會造成窮人的災難。因為當愈來愈多的農地變成牧場，愈來愈多的農地去種植提供動物餵養飼料，那麼生產人類吃的食物的農地就會愈來愈少，糧食也愈來愈貴，窮人買不起，窮人孩子就營養不良而死。

這種情況在其他經濟作物也可以看得到，全世界的有錢人想喝咖啡、喝茶，許多國家就將原本可種糧食的土地種這些所謂的經濟作物，而當這些經濟作物的價錢被全球化的大廠商控制、剝削時，許多原本自給自足的在地農民就陷入悲慘的命運。

印度聖雄甘地說：「地球提供了資源滿足每個人的需求，但不能滿足每個人的貪婪。」當我們體悟到咬下的每塊肉，其實都應該可以讓更多處在飢餓邊緣的孩子獲得溫飽時，或許就會改變我們的飲食習慣。

氣象預報失準，是天災還是人禍？

最近泰利颱風的氣象預報，隨著每個發布時段不同，颱風預定登陸地點不斷往北移動，從三、四天前的台灣尾，移動到前一天的台灣頭，最後從台灣北部的海面掃過，連暴風圈邊邊都沒有碰到台灣陸地。

聽信颱風預報而搶收農作物的農民抱怨連連，認為都是氣象局的錯，從天災變成人禍，那些尚未完全成熟的水果堆了滿倉庫，而大量搶收的蔬菜價格也暴跌，農民不禁哀嘆：「想不到沒有天災也有農損！」

在這個人類已經可以上太空，機器人的智慧也直追人類的現代，到底氣象預報能不能更準一點？是人為的疏失？還是只能祈求老天幫忙的賭運氣？

的確，現在已有非常精密先進的科技加上運算能力超強的電腦幫忙，氣象預報整體的準確率比起以前已經大幅提高，但是民眾的期待也不斷升高。

在三、四十年前，颱風登陸前三天預測登陸的地點可能會有七、八百公里的誤差，但是到了現在已可以減少到二百公里之內。但是誤差二百公里，不就原本預測從花蓮台東登陸的，最後卻從宜蘭登陸？

為什麼氣象預報至今仍是一門不夠精確的科學？這得從大氣變化產生的原因來看。

構成氣候變化主要是來自地球接受太陽的能量，空氣、陸地與海洋承受太陽的熱量之後，就產生複雜的情況。在赤道附近的熱帶地區受熱變得比較溫暖的空氣密度降低（受熱會膨脹，所以密度變低；冷的話體積會收縮，所以密度增加），於是就往上升，流向兩側（也就是從赤道往南北極方向流），沿路流動的過程，有些暖空氣會慢慢冷卻，密度增加就往下沉，空氣中原本承載的水分就會凝結成雲，就形成降雨。

這是最基本最簡單的原則，但是若加上地球自轉的方向與速度，海洋受熱溫度差異形成洋流，再加上陸地上的山脈等等的不同地形，還有環繞地球的高空噴氣流……這許多因素共同形塑了大氣中的循環模式，當然，各地因地形、溫度、溼度跟氣壓的不同，也都不斷影響、改變著每個地區的局部氣候。

因為這其中的變數是如此的多，而且每個變數又會互相影響，所以結果就很不可測了。有氣象人員就很生動地比喻，你看到天上一朵雲，緩緩地越過天空，好像它的行進速度全在我們的預料之中，但其實構成雲的每一絲每一縷，每一顆小水滴，都有著它們獨特的生命，變換不定而且毫無章法。

現在的氣象預報是由已設定好的電腦模式來推估，有許多不同的模式，我們把許許多多來自世界各處的氣象數據，比如說來自地面觀測站或大氣中的測候氣球或飛機，或者來自外太空飛的氣象衛星，幾千幾萬個數據不斷輸入，然後經過電腦運算後，推估未來的氣候變化。地球那麼大，很難在所有地區都有足夠的觀測站，即便有來自空中或人造衛星的協助，也往往很難透過厚厚的雲層，每個地方的風速也很不容易時時刻刻掌握，因此觀測資料有很多時候是空白的，這時電腦就會以早期的數據來推算未來，這是所謂數據模擬。

更麻煩的是每一分鐘、每一秒鐘情況都在改變，等於每個時刻都在解一道道的方程式，解完一道後，再立刻根據之前結果及新的資料再解下一道，也就是必須這樣一小步一小步往前進。

況且再精密的電腦模式，所追蹤的大氣狀況每個地點推估至少都相隔數十公里，等於是從台北到新竹，是套用同一個模式，但是每個地區因為局部的地形、溼度以及溫度的不同，你期待氣象預報能知道你所在位置那一點下一個小時會怎樣，那真的是強人所難了。

尤其當台灣四、五月開始的梅雨鋒面來臨，是最令氣象局頭痛的時候。

因為梅雨中會造成豪大雨的結構主要是範圍有三百到五百公里的對流系統，可是這些對流系統是由大小不過三到五公里的雷雨胞所組成，這些小小的雷雨胞變化無窮，雷雨胞與雷雨胞之間又會互相影響，複雜得不得了，根本不可能提前幾個小時就能準確預報，頂多只能在很短的時間前做即時的預報。

從氣象觀測裡發現一種「蝴蝶效應」的現象，也就是某個小小的改變或許會造成結果大大的不同。這個小小的改變也許是某個山頭風向輕微的改變，也許是溫度或溼度改變了一點點，就會影響整個氣候。

因此，因應此現象，現在氣象局在做預測時，會用一種所謂「系集預報」的策略，也就是以一套即時觀測到的數據當作初始條件，然後在每個條件都加入一點點差異的高低擺盪，比如溫度升高零點五度，溼度降低一度，風力強度多幾公尺，然後將這些有些差異的數字進模型跑，最後將這些不同的預測資料一起來評估，這些預報也許有五十組或一百組，若是五十筆資料中有四十筆的運算結果是下雨，氣象局的預報就會說，有百分之八十的機率會下雨。

是的，氣象預報成了統計學，只能估算大概的機率，若要次次都百分之百準確，那就真的是只有神才做得到了。

備註：蝴蝶效應是四十多年前加拿大氣象學家在某一次研討會報告中提出的一個比喻，他在用電腦模擬大氣運動時發現，他在數以千筆萬筆的數據變因中，只更動了一個非常微不足道的數字，他形容說，微小到就像是在北京地區一隻原本向東飛的蝴蝶改向西飛所引起的氣流改變，在其他數據都沒有變動之下，居然原本紐約的天氣是晴天的，卻變成了大風暴。大概他用的這個比喻實在太生動了，後來蝴蝶效應就變成一個專有名詞，用來說明一個小小的行動卻造成想像不到的巨大後果的現象。

熱浪與寒害交替的世界

二〇一七年夏天真的是非常熱，好幾次差點熱得受不了而開冷氣，自從十多年前搬到山上後，家裡只有在訪客超過十人以上時，才會開冷氣。

最近新聞才報導百年來，二〇一六年是世界平均最熱的一年，但是我猜搞不好二〇一七年會再破紀錄，因為此刻歐洲的熱浪高達四十七度，法國的葡萄樹也在熱浪傷害下，預估二〇一七年葡萄酒至少減產百分之二十。

究竟什麼是熱浪？

以世界氣象組織的定義，連續五天以上的單日最高溫，超過去年當期平均最高溫攝氏五度以上。

近年造成損傷最大的一次熱浪在二〇〇三年，單單歐洲就熱死了三萬五千人，法國最多，一萬五千人。

原來熱死人不是形容詞，而是真的氣溫殺人。在一九七〇年代以前，全球暖化還沒那麼嚴重，歐洲的夏天還是很涼爽的，偶爾比較熱的日子，也是一、二天就過去了，因此歐洲是不裝冷氣的只有暖氣，早些年，連車子也都沒有安裝冷氣。因此碰到連續四、五十度的高溫好幾天之下，年紀大或新陳代謝差的人，就撐不過去了。

台灣基本上不會有歐洲那樣高溫，高溫達四十七、八度的熱浪，台灣通常頂多連續二、三天三十六、七度，因為我們是海洋型氣候的海島地區，氣候多變，一下子有颱風，又有副熱帶高壓不斷互相干擾，所以高熱持續的時間不長，不像歐洲的大陸型氣候帶來的高氣壓，下沉的氣流不容易成雲下雨，而且這股高氣壓往往固若磐石，久久不動，以至於整個歐洲大陸溫度高、風速小，有如蒸籠。

其實這些年，全世界已面臨夏天高熱、冬天又冷得不得了的極端氣候。二〇〇九年起，歐洲與北美洲，幾乎年年冬天都異常寒冷與下大的暴風雪。甚至台灣前年一月底，連台北市也下雪。

這種冬天極冷也與全球暖化有關，是因為北極震盪與極地渦旋。

地球自轉不是繞著南北極長軸垂直地旋轉，而是偏一個角度斜斜地轉，而且地球繞太陽的公轉也不是正圓形，而是橢圓形，這使得太陽光照到地球的角度不是很平均也不是很一致，但是卻又有一定的規律，這產生了地球上大部分地區有春夏秋冬的四季變化，長期下來也會有冰河時期與非冰河時期的間歇性變化。不過，氣候的變化雖然有跡可循，但是因為會造成影響的可變因素太多了，所以任何預測都有很多的不確定因素。

地球的大氣與海洋一樣都會流動，影響流動有二個因素，一個是地球自轉與地心引力拉著它們動，另外就是太陽光照量不同形成的冷熱溫度的差異所形成的流動。空氣與水都會熱漲冷縮，一熱漲密度就低，會變輕，就會上升，冷縮密度大會變重就會下降。地表陸地比空氣容易吸熱，另外赤道與熱帶地區也比寒帶地區來得熱，冷熱不同空氣的流動，形成幾個大氣環流，也就是氣象報導常常說的什麼熱帶海洋氣團、副熱帶高壓這些名詞。

在北極圈內因為日照非常少，所以有非常冷的空氣，形成與地球自轉方向相反的極圈氣團，而且因為冷空氣會下沉，北極上空就會形成逆轉的低氣壓，也就是與地球自轉方向一致的北極渦旋。換句話說，極圈氣團是離地面比較近的冷空氣，而極地渦旋是高空快速旋轉的冷空氣。新聞報導所說的北極震盪就是指北極與附近地區，比如北美洲、歐洲，靠近地面的氣壓強弱的消長，就像翹翹板一樣，有時候北極中心氣壓高，北美洲、歐洲氣壓就低，相反的，若是北極中心氣壓低一點，南邊的氣壓就相對會高一點，這就是所謂震盪。

或許可以想像成極地渦旋是一個冰箱，極地渦旋夠強時，自己轉得很快不會散掉，就像冰箱門關著，若是渦旋不夠強，它就會被地球自轉及其他力量所衝散，冷氣就往外洩出，也就是往北美洲、歐洲擴散，帶來超級冷的氣流。

雖然地球的氣候變遷非常複雜，但是有許多學者研究顯示，因為全球暖化造成北極海冰的消失，打亂了原本北極震盪以及其他氣流循環的規律，未來會更常出現嚴寒的冬天，因為北極海冰的消失減弱極地渦旋的強度，反而會提高北極冷氣團入侵南方陸地的機會。

總之，全世界每個人都得面對這種極端氣候所帶來的風險，不只是加一件衣服少一件衣服而已，還連帶著下大雨、乾旱、糧荒、瘟疫……等等，因此從個人到社會、國家都要有足夠的韌性來因應。

元宵燈會的隨想

台灣的元宵燈會舉辦了二十多年，從中央政府主辦的台灣燈會到各地方政府辦的燈會，無不爭奇鬥豔，吸引大批民眾來參觀，雖然跟我小時候左鄰右舍的孩子們會自己製作提燈在街上遊行嬉鬧很不一樣，記得當時的提燈很簡陋，常常只是拿廢棄的牛奶罐中間點上蠟燭來充數，但是大夥打打鬧鬧還是很開心的。

倒是如今燈會用的花燈，早已不是一般人做得了，都是花大錢請專業人士設計出來的。不過，如今的豪華搞不好反而比較像古代元宵燈會的模樣，我們從宋詞裡可以找到非常多關於燈會的描述。

宋詞是可以唱的，就像目前歌曲的歌詞一樣，有許多現成且固定的曲調，然後照那調子填上歌詞。宋詞很多內容都在談兒女情長，纏綿且豔麗，似乎是在青樓酒館裡填寫的，可見得宋朝娛樂事業很興盛，老百姓的生活算是有錢有閒的。

其實自古以來華人傳統的情人節並不是七夕，而是元宵節。每到元宵，城市裡燈火

通明，家家戶戶點燃各式彩燈，大街亮如白晝，夾雜著藝文表演，通宵達旦，平常不允許拋頭露面的年輕女孩，這時也可以出門賞燈，提供了紓解壓力的狂歡機會，有點類似現代外國的嘉年華會呢！也因為平常大門不出二門不邁的少女，在元宵節可以自由活動，因此不管是一見鍾情或男歡女愛，都在燈火闌珊處發生。

古代人的花燈是燃油或燃燭，一百多年前發明了電燈，花燈的變化就更多了。

長久以來，燈光一直被視為文明以及安全的象徵，尤其這幾年影像視聽媒介幾乎無所不在地全面占據了我們的生活，不管白天與黑夜，活動起居全不受影響之下，人們也就失去自然的時間律動，連帶所及，我們也不太能感受到真實的世界。

其實先不管燈光二十四小時全年無休陪伴人類的影響，現在的施政者很喜歡在都市的橋梁或大樓營造「光雕」的絢麗繁榮假象，山徑裡的產業道路，路燈也終夜長開。

曾經有學者做過研究，認為植物也必須休息睡覺，長期在白天的日照及晚上的燈光照射下不得休息，比較容易生病，生長狀況比較差，甚至會大幅縮短壽命。

現在全世界各環保團體聯合起來在三月的最後一個週末的晚上八點，同步舉行關燈一小時活動，在荒野保護協會參與倡議這個活動之前，曾經與許多企業合作，舉辦了五年的「夏至關燈」活動，在六月二十二日夏至這天，白天最長，夜晚最短的日子裡，把燈關掉，走向大自然。

我們也在台灣各城市的主要公園舉辦「不插電音樂會」，周邊也有許多志工帶領大人與孩子，進行不用電的活動，重新體會沒有電，也可以玩得很開心的經驗。

我們習慣點亮電燈時，就看不到星星與月亮了。

記得十多年前，在南部墾丁的大尖山曾舉辦過親子活動，當大家在山頂看完夕陽落日後，才剛要下山夜色就籠罩上來。只見大夥拿著手電筒一邊在坡度很陡的石頭間手腳並用地爬著，一邊埋怨手電筒亮度不夠，不知道在跳躍時該照哪裡，一時之間險狀百出。忽然有人把手上的亮光關掉，只見皎潔的月光照在大地上，目光清晰可見，大家不禁安靜下來，有種沐浴在月光下的神聖感。

的確，生活在都市中的眼睛習於五光十色的刺激，已經看不到山川的靈秀，我們早已經忘掉在屋頂之外，其實我們頭上還有星空。

是否能偶爾熄掉燈光，去掉聲音，停掉機器，推辭邀宴，「少」，有的時候是「更多」。而且根據研究與統計，滿意度最高的活動，往往是去除聲色刺激花錢最少的活動，比如看夕陽、散步、沉思，與好友盡興聊天、溯溪，以及在公園裡做運動，生命中最美好的事物，其實都是免費的。

記得在電影《夢》裡頭，導演黑澤明透過村子裡的老人說：「晚上太亮就看不見天上的星星。」

是的，我們早已失去了星星，如果我們沒有驚覺到，我們將不只失去星星，也要失去蔚藍的天空。

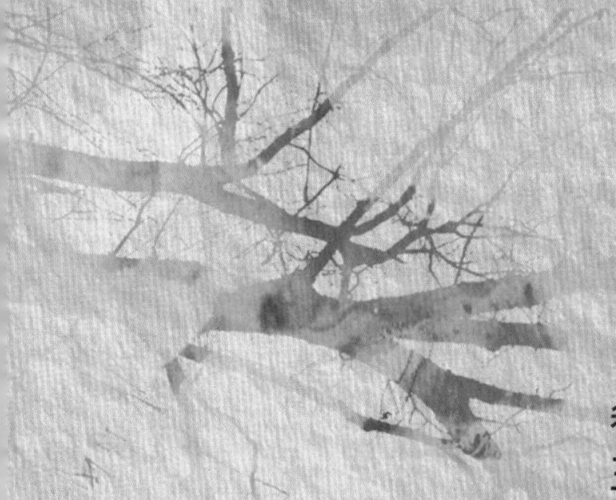

卷三　我不敢做個「熱愛大自然的人」

我不敢做個「熱愛大自然的人」

我住在山裡頭，星期假日的時候也都是在野外帶活動或做自然觀察。可是，與親戚朋友聊天，只要他們說到：「我們是熱愛大自然的人」時，我都坐立難安。因為我實在不敢做個熱愛大自然的人。

正如同諾貝爾獎得主羅素在民國初年到中國訪問結束後，留下了一句名言：「世界上任何法律、規章與制度，到了華人手裡，就成了例外！」的確，許多良法美意，許多原本很好的戶外休閒旅遊方式，到了台灣，都走了樣。

我想，那些提著音響到溪谷裡去烤肉，然後留下滿地垃圾的人，一定會在個人資料興趣欄裡勾選：「愛好大自然，喜歡戶外活動」。

或許，那位摘下最後一朵台灣野生一葉蘭，那些買樹頭或撿拾溪裡奇石、到深山找漂亮枯枝等奇珍異草回家擺在客廳的人，會以非常誠懇的態度說：我熱愛大自然。

會不會許多駕著RV車，或者號稱重回大自然的新一代探險家，只是一群物質富裕、精神生活匱乏、無以發洩的中產階級，對著大自然如同上百貨公司般抱持著消遣遊憩的心情，將大自然當成物質，可以消費，可以購買，或者可以任意拿回去擺在家裡以凸顯自己的藝術品味或標榜自己生活的卓爾不群？

我想，以RV車或其他方式從事深度旅遊或以刺激探險的考驗心情去體驗大自然，這些所謂另類「生態旅遊」是一把雙面刃，它可以是執行生態保育的工具，也可以是加速土地淪亡的推手，這完全看我們以什麼心態，以何種方式去善用這個工具。

不過，相對於習慣在水泥叢林裡的上班族，以及違法濫墾的民眾而言，願意到大自然裡旅遊的人，是最有可能成為保育台灣環境的尖兵。

只要讓大家知道台灣生態環境是屬於豐富又敏感，再加上地形落差大，整個環境脆弱復原又慢！

相信很多戶外活動對環境造成的傷害，往往只是因為大家不知道，只要了解了，破壞的力量是可以轉變成保護的力量！

駕駛RV車的朋友或許不知道，台灣有數十條溪流的中上游，因為車輛直接開入溪床，以及河灘上紮營，升火烤肉，造成河川生態、地貌以及水質遭受破壞。

而且車隊一次數十輛，甚至數百輛同一時間在同一地點活動，對當地生態的破壞往往超過環境的承載能力，以至於造成永久性的傷害，這樣的傷害往往數十年都無法恢復原本豐富且穩定的生態環境。

根據世界自然保育聯盟的調查顯示，造成物種絕滅百分之七十的原因，就是「原始棲息地被干擾或破壞」。

有鑒於此，許多國家都有立法禁止RV車闖入沒有車道的地方，台灣除了在國家公園法第十三條第七款明訂禁止「將車輛開進規定以外之地區」，在水利法第七十八條也規定「不得在河川堤身指定通路外行駛車輛」，違反並將處一萬至五萬元的罰款。

我知道有很多人買休旅車或四驅車是被車商的廣告所誘導：「行動無界線生活更精采」的這類宣傳，強調「路是人走出來的」，在廣告中畫面先是尼加拉大瀑布，接著一個大輪子「輾」過，原來的瀑布變成小水坑。還有的業者強調登山越野，甚至還曾經把車子開上基隆的海蝕平台拍廣告，也有的休旅車強調可以爬石階，據說，曾經有家業者企劃了一個四驅車強登玉山的宣傳活動，所幸，這個構想沒有被國家公園許可。

這些廣告不斷地誤導民眾，幾乎所有車商也一味炫耀車子的性能，讓民眾覺得買了車子之後，就可以隨意去「衝沙灘、衝河床」！

這種以「追求夢想」為訴求的廣告，的確讓苦悶的都市人趨之若鶩，讓人類的美夢成了萬物生靈的噩夢。

甚至許多駕著四驅車在溪床上打轉甩尾或溯溪，在原始森林裡橫衝直撞，自以為是豪邁，卻不知這是既粗魯又沒水準的行徑，充滿了人的霸氣以及以人為尊的傲慢。

我想，一個喜歡親近自然的人，理應更愛自然，應會以尊重代替征服，以敬畏自然萬物取代挑戰與破壞，盡量減少人為干擾，讓每一棵小草，每一粒沙石，都能在它原來的位置繼續成長與存在。

況且，坐在冷氣車廂裡唱卡拉OK，看DVD，以車子代步直驅原始山林，這般的輕易，反而喪失了流汗流淚，甚至受個傷，在體能的極限下才能接近山林的那種神聖感。我們以為往往我們得到的方便，反而失去了生命的體驗與深刻的成長。

這是一個失落的年代。

真實的世界已逐漸地逝去了！

自從有了電視遙控器，真實世界就開始在畫面跳動中，一點一滴地流逝掉了。遙控器讓我們有了可以不再錯失任何「精采畫面」、「精采節目」的期待，卻不知道這個小小的方便儀器卻改變了我們看待世界的方法，同時也改變了我們認識世界的方式。從此，人們不再耐煩看長篇大論的公共議題討論，哪裡有八卦，哪裡有色羶腥，哪裡有衝突與暴力，才可能吸引我們目光短暫地停駐。於是，人們只有不停探尋卻不再仔細觀察與思考，螢幕畫面來回跳動，無法安頓，對於知識只取浮光掠影，再加上YouTube上的短影片，以及字數稀少的網路及通訊稿，文化與思想被分割成一片一片的碎屑，世界只是點狀虛線的構成，人們頻頻轉台跳動，接收無數訊息，愈是渴望了解這個世界，結果離真實世界愈遠。

無線通訊發達，行動電話不離身，似乎與世界隨時保持聯繫，卻離真實世界愈遠。你隨時可以被人聯絡到，結果卻是沒辦法真實地活在當下的時刻裡。我們把電話號碼給了許多人，擔心我們不被尋找與需要，可是在不斷的鈴聲與問候中，心底的失落與寂寞卻是更加地強烈。

真實的世界已經離我們愈來愈遠。

當人們在國家地理頻道與動物星球頻道中接觸自然（我是愛好自然的人目前的定義是當我遙控器轉到這些頻道時會稍微停留一下），當我們在電腦上交朋友，當我們關在暗無天日的KTV中休閒，當我們已不再與自然世界對話時，真實世界也將離我們愈來愈遠。

或許該找個時間重新回到大自然，重新回歸內在的自我，靜下心來問自己：「什麼能鼓舞我生命的熱情？什麼是我真正看重的事物？」這或許是重新找回存在意義的方法。若是在日常生活中始終無法靜下心來，那麼回到大自然裡吧！

搬到山上後，每天早上起床泡杯熱茶，坐在陽台上看著整個台北盆地。若是天氣晴朗，喝完茶，就會沿著山路隨意走走。不趕行程沒有邀約時，還會沿著油桐花步道到蘭溪去聽聽溪流聲，同時也會想起印地安納瓦霍族的祈禱詞：

前有美景，容我行去。
後有美景，容我行去。
上有美景，容我行去。
下有美景，容我行去。
置身美景懷抱，容我漫步於優美的小徑。
生氣蓬勃，我且行去。

愛她，就不要傷害她

站在合歡山上往清境地區看下去，沿著山壁，數十條塑膠取水管密密麻麻地綑住了青翠的山巒。

忽然想起美國西雅圖酋長的一段話：

當所有的野牛被屠殺殆盡，
所有的野馬被套上韁繩，
所有幽祕的林蔭，布滿人的汗臭，
電話線如幽靈般，綑綁以往豐饒的山坡，
人生還剩下什麼？

人人都需要一座山，人到了一定的年紀，自然荒野就會前來呼喚他。而且，在全球化競爭壓力下，絕大部分人口不得不在擁擠的都市裡討生活，人們開始渴望到清幽雅靜的地方紓解壓力，因此這幾年所謂生態旅遊的風潮盛行。年紀大一點的人退休想搬到山裡頭，經濟能力好一點的就想辦法買片山坡蓋別墅。

可是，我們愛一座山，卻不該出賣整座山的靈魂，當每個人都到山上找希望時，不經意中會不使山林失去了它的未來？

年輕時，我很喜歡到清境農場那一帶，因為合歡山、奇萊山、能高山、安東軍山等氣勢雄偉的山岳環繞，湛藍的天空，加上淺淺深深的各種綠，以及色彩鮮豔奪目的野花，這裡簡直是上帝的花園。

那時候，幾乎看不到房子，小小的農舍隱身在層層山巒中。一九六〇年代，國防部退輔會為了安置來自滇緬地區的退役軍人，將清境一帶的國有林地承租給他們，其中有些榮民的眷屬是滇緬地區的少數民族擺夷族。

從一九九三年起，政府開始釋出農地，將國有土地賣給承租戶，自此這些土地就變成私有，可以自由買賣。西元二〇〇〇年農業發展條例通過，開放非農民也可以購買農地，並且可以在農地上蓋占地不超過十分之一、高度不超過十公尺的「農舍」，自此，全台灣滿山遍野就開始出現了豪華大農舍，甚至有些以農舍民宿之名蓋成觀光飯店般大的建築，他們以人頭多人持分的方式來鑽法律漏洞。

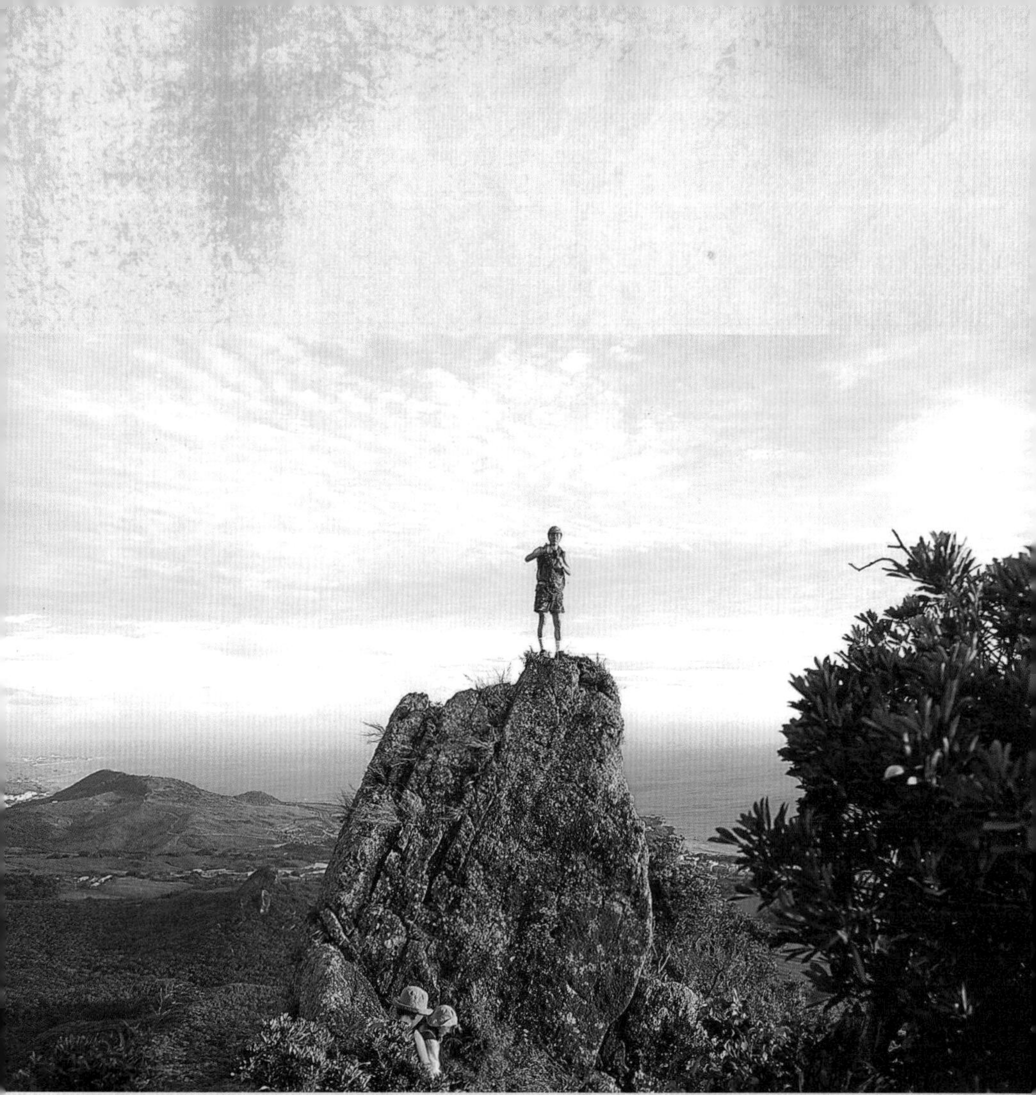

假設農發條例當初的理想是為了因應加入WTO之後，希望讓台灣的小面積耕種方式可以集合成較大的生產規模與經營模式，才能和國外競爭，可是幾年下來，農民真的受惠了嗎？還是台灣農業徹底崩盤的開始？甚至造成農地惡化，生態環境遭破壞，將毀損了農業生產的根與土地的生命力？

清境農場一帶是非常典型的例子。因為農地私有加上國人一窩蜂的習慣，當然，還有所謂生態旅遊或媒體宣傳造勢的影響，幾年內，這個地區已成了高山的鬧市，在毫無整體規劃之下，每個人有地就蓋，先到的搶交通便利，後到的搶景觀，往山坡懸崖蓋房子，然後再私自鋪設聯外道路。結果造成假日時往往有超過萬人以上的遊客擠在這小小的高山地區。

老實講，我覺得之所以如此，遊客、網紅與媒體記者都扮演了推波助瀾的共犯角色。每個人避開雜亂與令人觸目驚心的景觀，專拍美美的建築，寫些宣傳的文章，從來沒去注意這每年近百萬人在山上的吃喝拉撒的汙染物到哪裡去了？拍美照的人也不關心那些清潔消毒的化學藥劑與除草劑就在我們高山地區隨意排放，當然更不會提到這民宿合不合法，對生態環境的破壞了！

是的，西雅圖酋長這麼提醒著我們：「人類並不擁有大地，人類屬於大地。人類試圖要去改變生命的所有行為，都會報應到自己身上。要在你心中常保對大地的記憶，在你心中常存大地原貌，並將大地的原貌保留下來給你的子孫。」

若你愛山林，請不要傷害它！

關懷野溪，癥結不在野溪，而在人心

當你扭開水龍頭，可曾想過這流出的水中，最高最遠的源頭是來自何處？

當你問孩子我們喝的水從哪裡來的，答案除了水龍頭之外，聰明一點的或許會答說「××水庫」。

除了划龍舟，除了童玩節在冬山河畔人工化的設施玩水之外，我們似乎都忘記了滋養我們的河流，即便近在咫尺，厚厚高高的堤防也把已經被汙染的河流擋在我們的視線之外，與我們的生活似乎不再相干。

自古以來，為了取用水的方便，人類大多在溪流附近群居，形成村莊與城鎮，因此，所有古老文明總是會依著河流而形成。

直到沒多久以前，人們要出城進城，離開家鄉或進入另一個城鎮，感覺是非常鮮明的，因為往往我們必須渡河或者過橋。

可是隨著都市文明的興起，馬路愈來愈大，橋也愈來愈寬，甚至到現在橋與馬路都分不清了，而且我們的橋幾乎已變成車輛專屬，而不再適合行人使用。車輛走在橋上，往往看不到河流，這些年更是變本加厲，沿著河道興建的快速道路一層疊一層，為了安全，河岸全築滿高高的堤防，至此，河流就從人們生活中消失了！

我們從小唱的童謠「我家門前有小河，後面有山坡……」除了在當年是事實的描述之外，也是對於美好居家環境的憧憬，的確，山林與溪水原本就是人類最終的撫慰與最原始的鄉愁。可是，曾幾何時，門前的野溪會氾濫，後面的山坡會傾頹、會有土石流？

美好的憧憬怎麼變成令人戰慄的恐怖家園？

台灣因為面積小而高山林立，再加上降雨又集中，所以全島溪流密布，卻又十分短促陡峭，枯水期與洪氾期水量差異很大，是台灣自然環境很大的特徵。台灣重要河川共有一百五十一條，其中主要河川十九條，次要河川三十二條，普通河川一〇〇條，比較小的山澗小溪更是不計其數了！可是絕大部分河川溪流都有水質汙染、淤沙、河岸發展過度……等等問題。

政府花了很多錢整治河川，但是經費卻很少用在河流源頭地區的水土保持森林保育上，往往只是用很多的水泥建攔沙壩，蓋很高的堤防，最後把所有的河川變成了排水溝！

因此，災難似乎始終不曾遠離台灣，若是把媒體報導的日期與地點遮掉，檢討的內容似乎年年都大同小異。災難之所以一再發生，原因是政府與民眾都已成了共犯結構。比如說，在選舉選票壓力之下，民意高漲，公權力不張，往往犧牲了整個社會的公平正義，再加上河川治理的政府管理體系紊亂，部門與部門間，中央與地方間，不只無法整合，甚至矛盾百出。

二十多年前，台灣只有十多條河川有土石流，現在卻有一千四百二十條溪流屬於土石流警戒區；同時在中南部，有許多鄉間的工廠排放出巨毒汙染的水直接流入農業灌溉用的水圳，我們吃的米及蔬菜、水果，不知累積了多少環境賀爾蒙，造成台灣非常高比例的慢性病、癌症或不孕症。

最近這幾年，全世界各國都逐漸感受到因為全球暖化所導致的全球氣候變遷——氣候變得更為暴烈，不管是風力或雨量，在世界各地都屢屢打破當地有史以來的紀錄：「百年來最大雨量……百年來最大災難……」似乎年年在報端出現。面對愈來愈不可測的變化，我們過去習慣的治山防洪概念，大概也要改變了！要將傳統「人定勝天，工程萬能」的觀念，轉變為「順應自然學習自然」，留下人與自然互動親近的緩衝區。

過去二十年來，台灣山區的河川，已經興建了二千多座攔沙壩，造成無數的災難，難道我們還學不到教訓嗎？其實台灣的海岸原本就靠河溪從山上帶下沙石來維持海岸的平衡，如今這些大量興建的攔沙壩、水庫，已使得海岸補充的沙源減少，海岸從平衡變成侵蝕，再加上沿岸魚塭超抽地下水，也造成今天全台灣十分之一的海岸都有地層下陷的問題。

天然野溪有急流、深潭、岸邊緩流等等豐富多樣化的棲地環境，同時原來的溪石與兩岸植被，都能夠消減大雨溪水暴漲帶來的災難。

許多國家近年都在努力恢復河川的天然樣貌。美國佛羅里達州奇士米河曾經在四十年前進行截彎取直工程，不過在完工後發現人工河川帶來更多環境問題與自然生態的破壞，於是在二十多年前又開始進行復原工程，包括拆除河堤、碼頭以及許多人工構造物。

可是相反的，這些年在台灣各地，看了太多太多令人痛心的例子，許多動輒上千萬上億元，強用水泥所堆出來的治山防洪建設，大多數抵擋不了大自然的威力，必須一次又一次花大筆納稅人的錢來重蓋，通常所保護的建築或民宅，只是少少的幾棟。有時候很感慨，只要花小錢把那幾戶人家或幾個可以替代的建築設施，往後挪一點，就完全不必施作那些「花大錢、破壞自然，又沒有效果」的堤防或攔沙壩。

我們可以確定，未來的颱風或雨量，山洪土石流只會愈來愈大，我們絕對無法以人為的力量來對抗大自然，不適合住人的地方就還給大自然，可以不施工，才是最好的生態工法。

其實，山會崩的地方，人就避開，不要勉強做水土保持工程，水會淹的地方，人也要避開，不要強做護岸堤防。這些讓出的自然空間，在平日就是我們可以做環境教育的場域，不必花大錢去「營建」出人工的「親近」設施，而且往往這些高高的擋水牆就是阻隔我們接近自然的主要原因呢！

問題都已經是老生常談了，重要的是要拿出行動，只有地方上的民眾了解，人的命運與自然的命運是分不開的，河川的死亡就將會是人類的死亡，這種在地守護的力量若能從短暫的「汙染受害意識」，提升到長期和持續的「環境生態意識」，這才是台灣各地河川保護能否真正成功的關鍵。

關懷野溪，癥結不在野溪，而在人心。

台灣民眾對待河川溪流的態度，就是我們對待台灣的環境、對待自然的縮影。

看著嗚咽的野溪，思索台灣的未來。

我們要留給下一代的，是一條什麼樣的河流？

珊瑚礁的浩劫

最近一、二年，國際新聞不時就傳出澳洲大堡礁的報導，有的說大規模的珊瑚白化已經將使大堡礁滅絕，另外也有反對全球暖化的人則反駁這是誇大其詞，或者主張近年發現的白化現象只是大自然週期變化的一部分。

事實究竟如何？

澳洲大堡礁管理局的主管表示，大堡礁沒死，但也並非安然無恙，它的確正承受極大的威脅，而且已有部分已經嚴重受創。

大堡礁是全世界最大也是最知名的珊瑚礁生態系，由二千九百座獨立的礁岩所組成，總面積有馬來西亞這麼大，沿著澳洲東部海岸線綿延了二千三百多公里。不過據調查，這三十年以來，珊瑚覆蓋的區域已經減少一半，原因主要來自於沿海排放的農業灌溉後的水汙染，還有來自於因水質改變而大量繁殖、專吃珊瑚礁的棘冠海星。

珊瑚是動物，像水母一樣屬於腔腸動物，其實把水母倒過來就是珊瑚蟲的樣子，牠的觸手是向上的，底下的身體固定在牠自己分泌出來像骨骼般的杯座上面，雖然生命力非常旺盛，但是如果生存的環境遭到破壞，與牠共生的蟲黃藻就會離開珊瑚蟲，使得珊瑚褪色變白，也預告了牠的死亡。

珊瑚是熱帶海域的生物，台灣是它們分布最北的地區之一，珊瑚礁生態系除了色彩、形狀特殊之外，更是許多魚貝類產卵繁殖生長的地方。

台灣土地面積很小，只占全球陸地面積不到萬分之三，但是台灣沿岸海洋生物種類卻高達全世界海洋物種的十分之一，因此相較於其他沿海國家，台灣海洋生物種類較平均值高出四百倍之多。

這是因為台灣剛好位在歐亞大陸板塊與太平洋板塊的邊緣，東邊有幾千公尺的海溝，西邊是深度八十公尺左右的台灣海峽，除了有溫暖的黑潮，冬天又有來自北方的親潮，形成了又冷又熱、生態複雜多變的環境。

墾丁半島的珊瑚礁是熱門的旅遊景點，早些年曾因核電廠冷卻水形成的高溫使得珊瑚白化，但是近年曾因多次輪船擱淺外洩的油汙對珊瑚礁形成傷害，引起社會的高度關注。

其實台灣海域經常發生燃油外漏的汙染，長期關心海洋保育的中央研究院鄭明修教授指出，過去二十多年已記錄四百多件油汙染事件，平均每年發生二十多次。

輪船擱淺漏油會造成海洋生態的嚴重破壞，比如龍坑生態保護區，區內軟珊瑚密集生長在礁石表面，沿岸海域海藻生長茂盛，是各種魚蝦蟹及貝類生長覓食的主要棲息地。因為漏油事件，被油汙覆蓋的海底生物很快就死亡。另外船隻的殘骸散落於海底，在大浪或海流擾動之下，不斷位移，翻滾的鐵片不斷割傷珊瑚，也讓珊瑚無法成長，讓這些區域有如珊瑚墳場般。這些破碎的殘骸若不清除，恐怕要等到千百年後所有鐵製品完全鏽蝕融解於水後，才有希望讓珊瑚礁生態完全復原。

每次輪船擱淺漏油後，那些礁體上黑汙汙的油令人怵目驚心，短時間雖然有很大的影響，但是幸好台灣的日照、季風及海浪的作用都十分強烈，而且自然洗淨和風化分解能力都比起寒溫帶的環境來得快速。因此在人力或機械撈取浮油告一段落後，不妨就交給大自然的力量來運作，也許反而比起大量人力踩踏或進一步使用高壓水柱沖洗或其他化學除油劑方法等，對環境的傷害來得更小。如果發生在南部，尤其墾丁海岸當地生物常年受東北季風的狂濤巨浪衝擊，每年冬季都有劇烈的群聚消長死亡，因此本身已演替出很強的適應、恢復能力，不過若是汙染在北部的礁岩海岸，因為海況較平和，遭汙染的生物社群分布多而廣，所以影響甚為深遠，恐怕會持續數年。

這幾年澳洲或國際上一些知名的觀光景點，常常利用高薪聘請解說員當作宣傳賣點，而國人也對各國觀光勝地如數家珍，卻對台灣的海岸線完全陌生，甚至我們的學術界也沒有針對海洋資源做長期的監測記錄。

台灣本島四面環海，海岸地帶連接陸海，具有關鍵性的重要地位。可惜過去因為長期實施海防的緣故，使海岸地區的環境資源調查十分欠缺。解嚴後，由於政府組織分工早已定案，因此海岸地區的調查，沒有太多的進展，但是海岸的建設卻大步邁進。整體而言，使海岸地區的環境資源品質更形惡化。擴建沿岸公路大量使用消波塊和紐澤西護欄、漁港過量建設、海堤、海岸防護措施無限制的成長……各種產業開發海埔地等等，都使台灣的海岸線一直被破碎化。尤其近些年在經濟發展的需求下，海岸地區也成為各個單位競相爭逐的標的，也衍生了許多保育與開發的衝突。

如何讓居住在海島台灣的孩子們，多接近海，因為當我們看不見海，是不可能變成海洋民族的，只能形成島國心態。島國心態與海洋文化剛好是對立面，海洋文化象徵了勇於冒險、視野寬闊及天真浪漫；島國心態則是胸襟狹窄、眼光淺短且勇於內鬥。高高的堤防擋住了我們看海的視線，只能朝內看，而島的資源有限，當然就只能爭搶那小小的餅，無法理解外面的世界是何等的廣大。

想要塑造台灣的海洋文化，首先得讓老百姓看得到海，能夠親近海洋開始吧！

從高美溼地油汙染談海岸保護

在台中清水附近的海岸，有一個被列為野生動物保護區，占地三百多公頃的高美溼地，在這片包含溪口、草澤、沙地、泥灘的溼地裡，孕育許多物種，包括了瀕臨絕種的雲林莞草，海濱潮間帶也常見到民眾帶著孩子進行自然觀察與體驗，是中部非常著名的環境教育景點。

幾年前曾發現從清水大排到出海口，約有一公里多的海岸線被汙染，約有三平方公里的保護區被油汙覆蓋，環保局、海巡署以及當地環保志工數十人連夜搶救，以攔油索及吸油棉希望能夠阻止油汙擴散。

經過偵辦，發現汙染原因來自於台中清水鎮的橡膠工廠的儲油槽管線破裂，以至於燃油外洩，排入水溝後，經涵管流入清水大排，汙染了高美溼地。

像這樣的汙染事件還算輕微，台灣海域過去數十年來經常發生燃油外漏的汙染。平均每年發生二十多次，其中較著名的事件有民國六十六年布拉哥油輪在基隆外海漏了一萬五千噸，以及民國九十一年在墾丁龍坑生態保護區的阿瑪斯號貨輪汙染事件。

那一次汙染後來演變成政治事件，造成環保署長下台，多位官員被監察院彈劾，之所以會引起全民的長期關注，原因是事件發生時正值農曆過年前後，各級政府首長相繼出國度假，各單位也準備休年假，無法及時反應，再加上春節前後國內沒有其他重大社會議題，所以這個汙染事件便占據所有媒體主要版面達數週之久，同時因為龍坑是生態保護區，地形崎嶇礁岩林立，大型器械無法進入，使得岸邊油汙的清除工作非常困難，只得使用人工接駁，數百人排成長列以一瓢一瓢的方式將岸邊的油汙清除。

大概這個畫面實在太不可思議了，再加上當時國內處理海洋汙染的人力、技術設備及經驗都相當欠缺，在媒體炒作之下，才演變成巨大的政治風暴。不過也藉由這次的經驗，因應輿論的要求，為處理類似的海洋汙染事件，行政院核定「重大海洋油汙緊急應變計劃」，並且進行相關除油設備的添購與人員訓練，因此隔年五月及七月陸續在我國海域發生二十四萬九千噸原油的賴比瑞亞籍油輪及巴拿馬籍油輪失去動力事件，海洋汙染事件處理專案小組都能適時遏止可能發生在我國海域的重大海洋的汙染事件。

當年接任的環保署郝龍斌署長在阿瑪斯事件週年時，宣布將一月十四日訂為「台海海域受難日」，希望能夠時時提醒國人和政府相關單位，保護國家海域免於汙染的重要性，並且汲取經驗教訓，對未來類似事件有萬全準備。

海岸溼地非常重要，其中豐富的生態系不但是許多海洋及溼地生物孕育和繁衍的場所，也提供了人類賴以維生的各種資源，無論在生態，物種保育，經濟和地方文化，乃至於民生方面，都擔負了相當重要的角色。若是溼地的維護管理不當，也會造成人類健康上的危害，例如以水為傳染媒介的病媒孳生，洪水與水汙染問題等等。

尤其近些年在經濟發展的需求下，海岸地區也成為各個單位競相爭逐的標的，也衍生了許多保育與開發的衝突。

比如說，彰化大城溼地占地二萬多公頃，是全台最大溼地，棲息許多台灣特種生物以及國際注目的候鳥，附近海岸也是瀕臨絕種的中華白海豚棲息覓食之處，但是差一點因為國光石化八輕煉油廠的填海造陸而消失。

因此讓民眾知道溼地的重要性，了解溼地生態是台灣環境永續非常重要的基礎，是刻不容緩的事。

墾丁國家公園的美麗與哀愁

最近墾丁國家公園因為遊客在那裡買到超貴的滷味引起網路廣泛討論，批評物價太貴，環境髒亂，景點沒有特色，並且在短短二年多裡，遊客數量腰斬，從每年八百萬降到四百萬人次……

究竟這個台灣第一個成立的國家公園怎麼了，除了編列給墾管處的預算年年下降，從七年前將近八億元台幣到現在每年只有二億多元，但是一個擁有天然美景的國家公園並不見得要花大錢不斷地從事硬體建設，所以經費的多寡應該不是網路批評的主要原因，我想，或許是我們該如何定位墾丁國家公園的問題。

其實在多年前，墾丁遊客超過四百萬人次時，已經有人批評太髒亂，旅遊品質不好，甚至網路上盛傳一個訊息，說墾丁國家公園環境破壞得太厲害，被世界國家公園機構除名，也有人諷刺，全世界只有台灣的國家公園裡會有核電廠。

以遊憩品質來說，或者以國家公園的生態環境來說，一年四百萬遊客已經超過它的承載量，何況到了八百萬人，而且這些觀光客全部集中在南灣海灘以及海灣附近的商店街。

其實網路訊息說墾丁被除名是錯誤的。不過，墾丁國家公園的成立，的確就是一個美麗的錯誤。民國六十一年我國通過國家公園法，但是到了民國六十六年才成立國家公園規劃小組，當時初步規劃選定太魯閣為台灣第一座國家公園。不過當年九月，擔任行政院長的蔣經國先生到墾丁，看到風景雖然非常優美，但是環境已開始遭到人為破壞，於是就指示，希望能在墾丁成立國家公園，可是在此之前核三廠已經蓋了，而且墾丁這個地方當時就有很多民眾住在這裡，換句話說，以專業角度來評估，墾丁原本就不打算成立國家公園，也不適合成立國家公園，不過幸好當時還是成立了，否則今天那裡的情況會更糟糕。

因為國家公園的區域要達一定的面積，所以會把許多原來就住那裡的老百姓住家都劃進去了，當遊客變多之後，老百姓為了做生意總希望想辦法擴大門面，可是國家公園裡的任何開發行為都被嚴格的管制，因此常常引起民眾與管理單位的紛爭與抗議，也造成這幾十年來的亂象，不過，有管理當然一定會比放任不管來得好吧！

不過墾丁國家公園並不是個沒有自然特色的地方，只是遊客並沒有用心去探索這個熱帶半島。

大部分的人都只是塞車在短短百來公尺的墾丁大街上，或者到南灣海岸散散步，游泳戲水，或者到一些出名的景點拍下到此一遊的相片，然後到爭奇鬥豔的餐廳、pub用餐狂歡，如此就輕易結束墾丁之旅其實是非常可惜的，畢竟墾丁真的非常遠，去一趟得花費許多車程時間，排放許多二氧化碳。

墾丁位在恆春半島上，宋澤萊先生曾經寫過一首詩，提醒我們到恆春時要做什麼：

「若是到恆春　就要好天的時陣　出帆的海船　有時駛遠有時近
若是到恆春　就要落雨的時陣　罩霧的山崙　親像姑娘的溫純
若是到恆春　愛揀黃昏的時陣　海墘的晚雲　半天通紅像抹粉
若是到恆春　不免揀時陣　陳達的歌若唱起　一時消阮的心悶」

墾丁有非常多樣的自然生態，也有許多的人文史蹟，更是台灣唯一的熱帶海岸林，有著與赤道附近地區一樣的生態與植物。

當我們開車從恆春經過核三廠，要進入熱鬧的南灣與商店雲集的墾丁大街之前，在核三廠小路進去不到一百公尺，就是全台灣最棒的候鳥賞鳥區，龍鑾潭保護區，寬廣的水面和草澤，蘊藏豐富的食物，是南來北往的候鳥最好的棲息地，每年十一月到隔年三

月，許許多多來自北方的水鳥，包括許多雁鴨類來這裡過冬，到了四、五月，也會有鷸及燕鷗大批過境。

其實就算你不賞鳥，單單靜靜坐在龍鑾潭南岸（靠近核三廠）堤防上，耳際傳來在天空恣意飛翔的大冠鷲短而洪亮的鳴音，就是非常棒的享受，不然也可到西岸的龍鑾潭自然中心，在非常接近岸邊的地方有整片的落地窗戶讓我們貼近優美又遼闊的景致，同時也有十多隻架設好的高倍望遠鏡可供我們探索鳥類的生態，若不喜歡待在室內賞鳥，自然中心戶外也設有賞鳥牆可以很近距離地做觀察。

除了賞鳥，若是你不能免俗的，想到海生館參觀的話，也別忘了到緊鄰海生館的龜山自然步道走走，這裡除了有非常特別的自然生態之外，也有史前遺址以及清朝同治年間，原住民抗日的牡丹社事件紀念碑（就在海生館停車場正中間）。

龜山自然步道屬於高位珊瑚礁植被區，換句話說也就是以前在海底的珊瑚礁岩，隨著台灣島因板塊擠壓，隨著地震逐漸從海底浮出，這幾千年來，這裡的珊瑚礁岩每年上升一公分多，步道上的植物就長在這些珊瑚礁岩上。

另外，如果能夠在出發到墾丁之前先上網登記的話，就可以進入到全台灣最南端的龍坑生態保護區，在落山風侵襲下舉步維艱的來到觀景台，同時看到太平洋與巴士海峽，我們可以真正領受到什麼叫作驚濤裂岸，一路上的珊瑚礁地形，崩崖、裙礁、陷阱、狹谷等獨特的地形景觀，彷彿來到了那個不知名的荒涼外星球。

其實到墾丁除了看鳥、看海、看地形、看植物之外，還有一個全台灣只有此處有的，也是國際知名的梅花鹿復育區。梅花鹿自古以來縱橫於福爾摩沙美麗之島，但是數百年來大量的捕捉，最後一隻梅花鹿在民國五十八年在台灣的野外絕跡，從民國七十三年起，在墾丁社頂公園設置了梅花鹿復育區進行研究與繁殖，從民國八十三年到九十八年間，進行了十四次野放了二百三十三隻梅花鹿，據調查，目前在墾丁地區的野生梅花鹿族群已經有好幾千隻。

下回若是你到墾丁，千萬不要花時間在吃美食，耗在餐廳裡，其實只要是在別的地方，尤其是在都市裡可以做到的事，來到墾丁就不要去做，因為實在是太可惜了，最好是購買在地居民的特產，然後在這片擁有遼闊的天空、壯麗的海洋，以及動人的平原之中野餐吧！

生物的大量繁殖與滅絕

多年前有一次奧運會在舉行前，奧運帆船賽的地點產生了大量的海藻，也因此上了國際新聞，這片海藻在短短幾天內擴增到四百五十平方公里，等於二十五個香港大，雖然動員了上千艘船不眠不休地撈海藻，情況還是很不樂觀，最後將帆船場地用細孔的攔截網層層阻擋起，勉強讓比賽選手能夠練習。

這些海藻據當地專家說是一種滸苔，由於暖化的關係，空氣與海水裡的二氧化碳增加，提供了海藻增生的素材。其實那些專家沒有提到，海藻生長除了二氧化碳之外，還需要氮磷（通常來自於家庭或城市廢水中）以及葉綠素構成需要的鐵等等金屬（是否來自於工廠排放的汙染呢？）

類似這次海藻大量生長的情況，在全世界各個海域也經常發生，有時候我們稱為紅潮，或赤潮、藻華等名稱，一般來說是指海裡的某些微小的浮游藻類突然大量繁殖，使得大片的海域變成紅色或褐色的現象，只要海洋的溫度、鹽度與養分、日照狀況等因素有利於某些藻類的生長條件時，就會快速繁殖，麻煩的是，數量龐大的海藻，大量吸收了海水中的氧氣，若是在靜止的海灣內或海水缺乏流動下，會使得魚或其他生物因為缺氧而大量死亡，甚至某些海藻本身就會產生毒素。

最有效的預防方法，是在紅潮尚未擴大之前便能偵測出，及早處理，並且設法減輕紅潮的負面影響。

像海藻這樣大量繁殖的情況（生態學裡稱為大發生），在許多物種裡都看得到，不時就會見到地方新聞報導，哪個地區忽然有大量的毛毛蟲，或某年的芒果盛產，多到整批整批爛掉或倒掉……等等。在演化過程中，也有一些昆蟲用大量繁殖的方式求得種族的生存，比如十七年蟬在地底生活了十七年後爬出土壤，往往在一個小小區域就有好幾十萬隻，讓再多的天敵吃都吃不完，總還有可以順利交配產卵產生後代的機會。天敵越多，越容易被吃的魚類，產的卵也越多，大概也是如此吧！

不過在陸地上也有一種情況，當某個物種的天敵因故消失的話，比如森林裡的狼或草原上的獅子，那麼食物鏈中原先被吃的羊或鹿就會大量繁殖，可是一方面草地與植物有限，另一方面不好的基因沒有被淘汰（通常被捕捉到的羊或鹿都是老弱或有病的），因此整個族群也越來越不健康，最後甚至會滅絕，不然就是數量降到比有捕獵者存在時還要少。

因此，在自然界中，所謂「適者生存」並不是「贏家通吃」，而是會與周邊的環境及物種維持一個穩定與共榮共存的生活。換句話說，一個穩定的生態系是由數百數千種生物組成，這些物種的關係是穩定與平衡的，單一物種一枝獨秀，讓其他物種沒有生存空間，這種情況非常少見，若真的發生，不久後，這個看似非常強勢的物種也必定會走向毀滅。（人類能夠逃脱這個定律嗎？）

幾年前曾經有一個例子，有一種海星大肆擴張，幾乎把整個太平洋的珊瑚礁毀滅了，讓研究珊瑚礁的學者非常害怕，因為若是珊瑚蟲被吃光了，珊瑚礁也會消失，這真會是海洋生命的重大危機。當大家不知如何是好，因為用人工去捕捉，猶如九牛一毛，毫無幫助。不過説也奇怪，突然間危機就自行消失，科學家也研究分析不出所以然來，或許這就是冥冥中的「天道」吧？這些海星就這麼恢復正常數量，與其他繽紛多樣的生物共同生活在一起。

另外有一種會引起物種大量繁殖造成災難的機會，就是藉由人為力量移入外來種，這些物種若適應一個新的環境，同時剛好沒有天敵的話，這時就麻煩了，台灣在七〇年代引進的金寶螺，原來商人想説是否可以當法國蝸牛大餐的食材，結果不好吃，流放到自然野地後成了台灣稻田最大殺手的福壽螺。另外如琵琶魚、牛蛙以及植物中的小花蔓澤蘭，都形成了生態的危機。小花蔓澤蘭這種屬於攻擊性的植物，原來產於中南美洲的多年生藤蔓，第二次世界大戰被引進到印度，作為遮蔽機場欺敵戰之用，如今它卻遮蔽了亞洲南部的大片土地，攻擊森林和農作物，在它綠色地毯般覆蓋下的生物都難以存活。

在自然界物種也是會擴散蔓延，不過移動速度是以地質時間（千年萬年）來計算的，但是透過人類搬移或附隨人類的運輸工具所移動的距離和速度，是這些物種在自然情況下不會、也不可能做到的。這些外來種跟其他汙染物不一樣，並不會因為停止釋放就不會再蔓延，它們會愈來愈多，增加的速度愈來愈快，放任不管的話，將會對當地穩定原生種及生態環境與食物鏈帶來非常大的破壞。

並不是所有的外來種都是有害的，像是農業用的動植物大多是外來種，不過，他們用來供人類使用採收，所以大致都在我們控制下。

物種的豐富度也稱為生物多樣性（包括物種、基因與棲地三種層級），當我們才稍微明白生物多樣性對人類有巨大的價值、可以提供給我們無限量的服務之際，全球的生物多樣性正在快速喪失，生態系的品質也快速下降中。在過去主要導因於人類直接破壞棲地或間接因為對自然資源的耗用而引起，最近則是因為外來種的蔓延，未來會因為全球暖化產生環境氣候變遷恐怕是關鍵性的一擊。

在人類出現以前，物種平均滅絕大約每四年一種，直到這一百年，每年以二萬到十萬左右的速度消失，簡直可以說是我們正處於第六次物種大滅絕之中（過去五十億年有五次全球性的動植物大滅絕），專家學者估計，人類出現後，地球已失去了將近四分之一的物種。

何時我們才能真正了解，人類的生命與福祉是與土壤裡的細菌、遙遠的熱帶雨林、冰山中的北極熊相互依賴牢牢地結合在一起，有牽一髮而動全局的關係呢？

生物大發生

前一陣子有個國際的花邊新聞，丹麥某處海岸發現有種貝殼類生物大量繁殖，造成當地生態不平衡，後來大陸觀光客發現原來是餐桌上的珍饈——生蠔，於是在澳洲環保單位與旅遊單位合作下，號召大量的華人觀光客到海岸大啖生蠔，撲滅一場生態危機。

今年暑假澎湖沿岸海域也發生大量水母，有數十名晨泳的民眾被螫傷，有人形容數量多到好像「水母羹」一樣，甚至有的海灘也留下一整片水母。

像這樣在一個地區突然出現非常巨大數量的某個物種，就稱為大發生。有些物種會有大發生，或者稱為大爆發的現象。若以生態學觀點，大發生的定義是某些特定物種的數量，在一段相對短的期間內，出現爆炸性的增加。

絕大部分的大發生是不可預期的，但是有些種類會有週期性的規律。比如在墾丁地區，每四到六年，玉帶鳳蝶就會有一次大發生，這種規律性的現象我們可以推理出一些原因，比如也許跟雨量、土壤營養、這些物種的食草體內抗蟲物質的濃度……等等有關，而氣候或許是啟動這複雜連鎖反應的開關，同時，大發生之後，因為對食草的消耗太大，食物吃光反而引起族群大量死亡，到了隔年數量反而比正常時還要少，然後再一年年逐漸增加。

這種有週期性的大發生或許終究可以歸類為區域性的正常生態環境的表現，但是，很多時候物種的大發生是無跡可循，忽然發生又忽然消失，沒有一定的週期，又沒有顯著的環境變化，這神奇的現象就令人好奇了。

通常大發生只會發生在特定的動物，比如像蛾類、蝶類或蚱蜢這些較小型的昆蟲，小型動物如旅鼠會，狼或狐狸就不太可能，海星會，鯨魚就不可能。

即便我們最常發現的蛾類與蝶類的大發生，也有專家研究指出，大約百分之九十八的種類，族群都能夠長期穩定地維持一定的密度代代相傳，只有百分之二的蛾類或蝶類會出現大發生。

到底哪些原因使得這極少數的昆蟲、哺乳類或微生物具有大發生的能力？確切原因專家還在努力找答案。

不管哪種大發生，有一件確定的事，就是爆發總會結束，有些會經歷多年，有些例子很快就結束，看不到中間漸進的過程，比如說今天還有一百萬隻，到了明年就只剩下一百隻。

過去學者認為大發生的產生與結束都是因為環境的變動以及牠們食物的多或少而造成的，但是近些年發現，有很多大發生前後環境並沒有劇烈的變動，那究竟是為什麼？天氣的變化無法解釋，食物供應的耗竭也無法解釋。有些專家提出，或許是病毒扮演著一定的角色，發揮穩定整個生態系平衡的功效，當然，對被它殺死的物種來說，病毒是可惡的凶手。

甚至我們若以地球大地之母觀點，或以超然的角度看待世界上所有的生物，人類當然也是動物，哺乳動物的一分子，也是依著整個生態系的變動而生存。雖然人類因為科技文明的進步，使得我們自詡為「萬物之靈」，似乎也超脫了自然環境給予的限制。

若以大發生的定義來看，以地球史或生命演化史的角度，現代人是智人這種物種的一次大爆發——「某特定物種的數量在一段相對短的期間中出現爆炸性的增加。」

人類的數量，從一萬年前左右農耕發明以來，至今已經增加了約四百倍。若以另一種演算法，從智人出現到十九世紀，大量增加為十億人，然後到二十世紀、二次世界大戰前，人口又增加了十億多，來到二十多億，二次大戰後至今，約七十年，人口居然增加了近五十億，已經超過七十億，這不是大發生，什麼是大發生？

從化石紀錄來看，地球從出現生命開始至今體型只要超過陸地上的螞蟻或海洋裡的南極磷蝦，從來沒有一個物種數，數量超過人類的人口數。

著名的生物學者威爾森曾經寫過：「智人的數量達到六十億的時候，我們的生物質量就已經超過地球誕生以來，地表上曾有過所有大型動物的總重量的百倍以上。」

不過威爾森指的應該是野生動物，沒有包括近代人類工業化養殖的畜牧業。

有位學者很明確的表示，人類特異非凡，史無前例，體型碩大，壽命很長，數量又驚人，是的，我們正在大發生之中。

如果所有的大發生一定會終結，如果地球能維持生態系平衡的物種是病毒的話，那麼就可以解釋為什麼全世界的流行病學家，都滿懷戒慎恐懼地注意著禽流感的病毒變異，萬一這些在會飛的鳥禽或蝙蝠裡的病毒發生幾次突變，或從原來沒有人跡的叢林裡因人類的開發逸出的病毒，如果如同當年的黑死病肺鼠疫，可以藉由空氣傳染，致死率又超高的話，再加上萬一染上疾病的人在有明顯症狀之前就可以到處活動與旅行，再傳染給別人，像是痲疹、流行性感冒那類潛伏期較長的病毒，那對人類而言，在這麼擁擠且彼此往來這麼密切的全球化世界，那絕對是一場無法想像的災難，當然，對於其他生物來說，也許是值得慶幸的生機重現吧！

當人人都成為攝影大師時

前一陣子基隆市政府總算開出第一張餵食野生動物的罰單。

其實這些年常有人到基隆港丟肉塊吸引在天空翱翔的老鷹飛下來啄食，然後趁機用相機獵取精采鏡頭。逼得基隆市政府設立標語牌，提醒民眾不能餵食老鷹。

雖然有了牌子，那些扛著大砲型長鏡頭的所謂生態攝影家，卻視若無睹，照常餵食。會開出這張罰單是這個人太囂張了，執法人員屢勸不聽，只好依法裁罰。

其實我很討厭這些不擇手段只想拍出精采照片的生態攝影師，他們收集圖片的炫耀行為比那些收集去過幾個國家、追求看過多少種鳥……的人還糟糕，因為就是他們會放沖天炮把鳥嚇飛以拍照，或者為了取得好角度而驚嚇到幼雛，甚至我還看過一些相片，明顯地是把活生生的生物（鳥或昆蟲）黏在樹枝上，以創造出活靈活現的所謂生態照片。

除了這些為拍攝而拍攝的人之外，這些年還多了數不盡的手機族攝影大師。

這個時代，彷彿人人都是攝影大師，當手機拍照效果幾乎勝過傻瓜相機的時代，每個人一天二十四小時都帶著相機，隨時準備拍照，也隨時被拍。

而且照相器材不只方便，解析度、靈敏度再加上智慧的電腦程式，可以毫不費力地幫我們拍出無法挑剔的相片，而且可以立刻看到成品，一張拍壞了，連拍七、八張總有一張是滿意的吧？

也因為這群數量龐大到難以計數的手機攝影族，一個人亂拍幾萬張，總會有那麼兩三張還不錯的吧？那乘上幾十萬、幾百萬，甚至幾千萬人無時無刻都在亂拍，那麼網路上流傳巨量的精采相片也是理所當然。所以拍出再精采的相片也不再稀奇，換句話說，攝影作品已經不太值錢了。

現在的年輕人恐怕很難想像當年拍照是多昂貴又多困難。底片要錢，一卷才能拍三十多張，沖洗要錢，洗成相片也要錢，每按一次快門，代表至少十多元的成本，而且更麻煩的是，一直到洗成相片你都無法確定自己有沒有拍到，曝光量夠不夠，有沒有震動模糊，當然更令人扼腕的是當精采畫面發生時，底片正好拍完。

記得以前拍照很昂貴的時代，每次按快門前會先思考，先去感受與體會，總是想辦法找到別人沒有看到的東西之後，才按下快門，那種慎重或靜靜的注視，有點像獵豹在伏擊獵物時，全神貫注，然後一躍而起。攝影大師布列松就這麼說：「那就是我很少讓鏡頭移動的原因，彷彿逼近一頭野獸，如果你太唐突，獵物就會逃掉。」

生態攝影是這個習慣「用相片寫日記」的攝影時代中比較特別的類別，因為除了必須具備基本的攝影知識與構圖技巧之外，也要有相當的生態知識，因為生態攝影是生態觀察的延伸，要拍出生動的作品，還得對野生動植物與自然知識有基本的了解，此外，還要有相當的耐心，起早趕晚，忍受不舒服的拍照環境，才能守候到那關鍵的剎那。

不過，說實話，要做到以上這幾點，並不算太難，我覺得最大挑戰反而是攝影中對環境珍惜與對生命物種的關懷之情，也就是要絕對避免為了拍照而干擾了環境或傷害了生命。

有時候看到網路上不斷被流傳分享的精采生態相片，顯然是在人為設計或嚴重干擾下所拍出的炫耀之作，就覺得很難過，不免想到，當攝影器材與技術都不再是問題之後，我們該如何進行生態攝影？

總覺得生態攝影最重要的精神是來自於分享我們對大自然的崇敬與感動之心，進而願意保護這些生物及孕育所有生命的自然環境。

是的，生態攝影最重要的不是技術，而是我們謙卑的心。

你那邊空氣還好嗎？

網紅市長韓國瑜一句：「全台灣都欠高雄！」果然引起大家熱烈討論。其實這句話不是他先說的，而是之前邀請著名媒體人陳文茜女士為高雄觀光代言時，她所說的。

其實就客觀來說，高雄為台灣的工業發展犧牲了環境，尤其是空氣汙染的嚴重程度，的確不是久居天龍國的台北人得以想像的，因此，台灣人欠高雄人應該是說得通的。為什麼台灣絕大多數的重工業都會設在高雄，其實原因很簡單，因為這些重工業不管是原料的進口或者產品的出口，都需要海港，而且是大貨輪可以進出的國際級港口，再加上有足夠的腹地，綜覽全台，恐怕也沒有其他更適合的地方了。

其實不只高雄如此，號稱農業縣的雲林也飽受空汙的肆虐。不久前某個週末晚上到雲林演講，到高鐵站接送我的當地朋友感慨：「以前雲林充滿了泥土的香氣，但現在卻充斥著東西正在燃燒的臭味！」

我打開車窗，果然是有股煙味，感覺上就像有人在幾十公尺內燒垃圾的臭味。驚駭之下不免詢問：「為什麼你們不去檢舉？」

只聽到無奈的回答：「當然檢舉過，但是每次政府的回應是：『數據顯示沒有違法！』『該日排放沒有超標！』」

在以前「民智未開」時，那些工廠排放的黑煙，大家只抱怨味道不好聞，空氣粉塵太多而視線不清，但是到了今天，大家赫然發現，空氣汙染是健康最大殺手後，這些工廠就成為不可承受之重了。

台灣欠高雄人，這句話在非常多年前，我就曾經聽同學說過。將近三十年前，到高雄參加活動時順便去找大學同學，他選擇到高雄工業區附近開內兒科診所。

晚上在路邊的小吃攤吃消夜時，他仰頭乾了一杯啤酒，恨恨地說：「同樣繳稅，為什麼我們高雄人喝的水要一桶桶買，不像你們台北人打開水龍頭就可以喝！」嘆了一口氣，他又說：「診所有很高比例的兒童都罹患上呼吸道過敏，我猜跟空氣汙染脫不了關係。」

健康就是未來，這或許也是去年九合一大選時，空氣汙染成了很多縣市競選主要訴求的原因。

空氣汙染對健康的影響是全面性的，已有愈來愈多的研究報告證實，這也是大家愈來愈害怕的原因，尤其周邊親朋好友不時就傳出罹患肺腺癌，偏偏這些人都是沒有吸菸的人。（抽菸會得到的癌症是肺支氣管癌）。

去年一年裡面，台灣就有將近一萬人因為肺癌而過世。每年衛福部公布台灣十大死因，第一名當然還是癌症，在眾多不同的癌症裡，肺癌已經連續八年居冠，而且幾乎可以斷言，這個冠軍頭銜還會繼續保持下去，因為台灣空氣汙染的情況，恐怕短期之內是無法改善了。

空氣汙染裡的懸浮微粒，也就是現在大家已耳熟能詳的PM2.5，除了會引起肺癌之外，也跟心血管疾病、其他呼吸系統疾病都息息相關，甚至也有研究發現，也會造成早產、老年痴呆與腦癌等等病變。

肺癌為什麼這麼令人關注？除了這些年罹患率節節攀升之外，也因為肺癌很難早期發現，往往一有症狀就是末期，幾乎沒有辦法治療，近年來有不少名人，包括不菸不酒、生活規律的宗教大師們也得到肺癌，更讓人懷疑近年來不斷惡化的空氣品質，真真切切會對許多較為敏感體質的人有致癌的風險。

二〇一六年底開始實施空氣品質指標，自有統計以來，南部百分之九十的日子空氣處在不良的狀態，另外百分之十是普通，居然沒有幾天算是良好的，中部稍微好一點，也是有將近一半的日子處在空氣不良的粉塵中。

只有花蓮與台東空氣品質最好，很少有到不良的程度，真的是台灣僅存的淨土。

不過這也使人想起二十多年前令人捏把冷汗的往事。

在前總統李登輝主政時，曾提出產業東移政策，為了促進東部居民的就業率，鼓勵企業到東部設廠。

其實這是一個相當荒謬的政策，內需型的產業在西部已經生存不易，搬到東部難道是跟自己的鈔票過不去？外銷型產業若在台灣西部工業區都活不下去了，到花東就能起死回生？

不過當時總統一說，也沒人敢說什麼，就風風火火開始進行各項基礎建設，比如開路、蓋電廠以及運煤碼頭。當時在花蓮的水璉村要蓋一個燃煤火力發電廠，在水璉海邊蓋一個運煤碼頭。

大家都知道，台灣東部從宜蘭尾端、花蓮到台東，一邊是太平洋，一邊是高聳的中央山脈，中間是非常狹窄的陸地，一旦燃煤火力發電廠開始運作，若是風向是從海面吹向陸地，電廠排放的汙染越不過中央山脈，那麼一年起碼有一半的時間，花蓮台東勢必就會像被煤煙蓋子罩住的人間地獄。

幸好當時這個發電廠的計劃，在荒野保護協會的志工奔走下，總算停下來了。

當然，政府為了老百姓的福祉，想盡辦法要開發建設，增加國民所得，似乎也沒錯，也應該是大有為政府的表現，但是若沒有仔細評估所造成的環境汙染，所有的努力，也許會適得其反。

想起一個寓言故事。

在山腳下有一個農村，山泉甘甜，空氣清新，村民過著自給自足的生活。有一天，村邊多了一座，二座、三座的工廠。不久後，有推銷員上門賣濾水器、空氣清淨機，最後甚至口罩防毒面具都來了。

村民覺得很奇怪：「我們不需要這些東西啊！」

推銷員很篤定：「不久你們一定會需要的！」

果然，工廠一天二十四小時不斷趕工生產，汙水排向溝渠，煙囪的黑煙也始終蘢罩在村莊上空久久不散。

於是家家都需要濾水器，雖然人人都要戴著口罩與防毒面具，但是工廠賺錢，在工廠上班的人賺錢，推銷員也賺錢，政府收到稅收，人人誇說經濟成長改善了生活。

其實這不是寓言故事，故事裡的村子當然也不特別指高雄，而是在台灣各地，甚至全世界，正在發生的故事。

前些年台灣的地方新聞中有個小小的報導，有個孩子肺癌死掉了，他到父親的夢中託夢說：「阿爸你緊走。」叫他也已經肝硬化的父母親離開家鄉。於是父母聽孩子的話，弄了台三噸半的貨車，改裝加上廁所廚房，把所有家當放上車，被迫成了環境吉普賽人，不斷地移動，一個禮拜有六天開到溪頭的山林裡躲著，躲避那汙染。這個新聞由來自高雄美濃的歌手林生祥改編成一首歌，也因為這首歌，讓盧建彰導演拍了一部短片：「你那邊空氣還好嗎？」

空氣汙染的來源很多，除了最大宗的燃煤發電與工廠之外，汽機車排放的廢氣也是重要來源，甚至燃燒垃圾，拜拜燒香，也是凶手之一。二〇一八年二月在中南部曾經舉行反空汙大遊行，爭取呼吸平權，控訴中南部總是灰濛濛的天空，是的，乾淨的空氣應該是基本人權。

我們費盡心神努力賺錢，無非是希望改善家人的生活，但是往往就在埋頭工作中，環境破壞了，家人的健康沒了，賺來的錢也只能看病買藥。當整個環境都汙染了，我們即便賺到再多的錢，也無法帶給家人幸福快樂的日子，因為我們無法自外於環境，無法遁逃出天地之間。

聯合國曾經有一個研究報告，指出全世界的長壽村最主要的共同點是「環境空汙少」，也就是居住在空氣乾淨的地方比較有機會長壽。或許我們不必追求長壽，但是我們盼望能活得健康，至少不該讓那些排放汙染的工廠使我們生病，增加家庭負擔與社會的成本吧！

一個天空，兩個台灣。

你那邊的天空還好嗎？
你的肺臟還好嗎？

卷四　食物、農夫與我們的餐桌

上蒼比較偏愛女性

自從電影《侏儸紀公園》描述最後逃出去的公恐龍變成母恐龍時，留下了一句名言：「生命會自己找到出路！」這句話也讓我們體會到，物種在面對環境變化時，總會演化出讓族群可以活下去的方式。

蚱蜢與蝗蟲大概是非常戲劇化的一個例子了。

全世界各國的歷史記載裡，每隔一段時間，就傳來大批蝗蟲肆虐的消息，這種令人聞之色變的「蝗災」，似乎總是與饑荒、民不聊生連在一起，而且古往今來世界各地描述的蝗蟲過境都一樣，漫天遍野的蝗蟲，將一切東西全都一掃而空，包括所有植物或農作物，甚至牲畜，無一倖免。

只是忽然出現的蝗蟲，往往也忽然不見，數百萬數千萬隻的蝗蟲，神祕地突然出現，也神祕地突然消失，找不到任何一隻活的蝗蟲，直到下一次乾旱災變牠們再度猖獗。

幾千年來，所有生物學家都為此困惑，也想找出答案，一直到一九二一年，一位俄國生物學家才解開這個千古謎團。原來，蝗蟲就是蚱蜢，牠們是同一種昆蟲，一群群的蝗蟲是發狂的蚱蜢。

如果你把一群蚱蜢養在瓶子裡，讓牠們處在擁擠、彼此碰撞的環境下，牠們就會開始產生變化！翅膀慢慢變長，原本土褐色的身體逐漸變得鮮豔，呈現鮮黃色甚至粉紅色，鞘翅上出現條紋和斑點，顏色甚至會深到變成亮黑色，產的卵也比原來的蚱蜢多很多。牠們原本溫馴的習性也變得不安、躁動、貪吃，於是本來只吃草葉的蚱蜢變成什麼都會吃的蝗蟲。

在旱災時特別容易產生蝗災，因為乾旱將散居各處的蚱蜢趕到少數找得到食物的山谷裡去，可是聚集多了，同類的推擠爭食，讓蚱蜢變成蝗蟲，蝗蟲又可以在短時間內產生大量後代，於是整個山谷裡層層疊疊堆滿了蝗蟲，在某個日子，牠們就飛向天空，形成了蝗災。

原來蝗蟲是「發瘋」了的蚱蜢。

以上描述聽起來好像拍電影一樣，也跟我們的常識不相符合，所有人都學過生物，也知道龍生龍，鳳生鳳，老鼠生的兒子會打洞，一個生物的形貌習性是受染色體的基因所決定的，是與生俱來的，怎麼可能從一個物種變成完全不一樣的另一個物種？又不是在拍電影，《綠巨人》或《美女與野獸》是虛構出的，不會相信真實世界有這樣的事情。

的確，生物是由染色體裡的基因傳遞遺傳的訊息，我們頭髮什麼顏色，皮膚什麼顏色，的確是由基因所控制，但是決定某一個遺傳特性的基因並不是只有一組，而是有其他不同的可能，只是其他的基因被抑制住了，也就是所謂隱性基因，當生物遇到不同環境時，那原本被抑制的隱性基因活化成為顯性時，就會有不同的樣貌呈現。

假如用另一種生物做比喻，就比較容易接受了，其實蝗蟲就像候鳥一樣。有一些候鳥要遷徙時，不是跟牠們在繁殖地的外貌習性不同嗎？我們其實也可以說，蝗蟲只是蚱蜢碰到無法存活的環境時，要遷徙到其他地區生活的階段性狀態，當牠們找到水草豐美，族群可以生存下來時，就會恢復成繁殖狀態的可愛蚱蜢，也就是當牠們必須長途旅行時，當然要改變裝備，變得會飛，而且什麼東西都可以咬得動才行吧？

物種在面對生存壓力時，總會透過演化找到自己的生存之道。蚱蜢會變成蝗蟲，但是，假如這個物種沒有翅膀，不會飛，那還有哪些策略可以用？

假如在某個特定區域裡（比如一個小島上），原本可以養活兩萬隻，但是因為環境變化，資源減少，只能養活五百隻，你猜最後存活的是哪五百隻？

答案是，會有四百多隻母的，只留下非常少數的雄性個體。因為資源有限的情況下，留下太多公的，對種族的存續是浪費的，因為公的不會生育。母的可以繼續繁衍，只要環境狀況一改善，存活的雌性個體就可以立刻生產，讓種族重新興盛。

這種現象幾乎在所有物種都可以看到，只要環境不利，存活下來的一定絕大部分是母的，公的只有留個百分之三、百分之五就綽綽有餘了。

人類也是物種，我們也可以看到類似的情況，比如說大規模的瘟疫，疫情過後，一定是女的存活率遠大於男的，甚至一般的傳染病，比如說腸病毒或新型流感，男性重症或死亡率也都高於女性。

個體與物種之間，彼此間存在一種難以描繪的交互影響，或許可以說是「集體潛意識」，即便在人類這種獨立自主的物種也可以發現。

二〇〇一年美國遭遇九一一恐怖攻擊，對住在美國的老百姓來說，是非常大的衝擊，因為一百多年來，美國本土沒有發生過任何戰爭（都是美國人到其他國家的土地上打仗），美國是全世界少見沒有戰爭摧殘的人間樂土。但是，九一一打破了他們的認知，也感受到環境的威脅。

有研究者統計九一一之後，美國幾個大城市新生兒男女生的比率，結果發現女生大於男生（正常來說新生兒男生會多於女生，約一〇三個男嬰比一〇〇個女嬰，因為男孩出生後夭折率比較高），換句話說，當美國人感受到環境不再安全時，許多原本懷男嬰的就自然流產掉了，所以最後的出生比率，女嬰就比較多。

很神奇吧！種族的集體潛意識。

除了面對困境的存活率女性勝出之外，在各個方面，都是女性較強。其實不只人類，大部分動物的壽命，也是雌性高於雄性，甚至如同我們知道的，像是蜘蛛或螳螂，公的在交配時，往往也同時成為配偶的食物。

是的，上蒼比較偏愛雌性，我們也都會以大地之母來形容生養萬物的地球，母性也就是生命的象徵。

就像全世界都會慶祝母親節，但是父親節只是勉強湊數，聊備一格。

在母親節前夕，向勞苦功高的女性，以及大地之母致敬。

來一客昆蟲套餐救地球

冬蟲夏草是名貴的中藥材，但是我們卻沒有太細究它其實是一隻被菌類感染而死的昆蟲屍體。

除了冬蟲夏草，在漢方藥材中有許多都是昆蟲的屍體，我們毫不在意地小心翼翼地烹調，然後吃下肚子。

但是假如餐桌上的「螞蟻上樹」，真的是由活生生的螞蟻炒出來的，恐怕所有人都沒辦法挾進嘴巴。

自從二〇一五年，在義大利米蘭舉辦的世界博覽會以「滋養地球，生命的能源」為主題，其中，「未來食物區」大力推廣可以食用的昆蟲以來，昆蟲入菜是目前世界各國最夯的新興產業，聯合國糧農組織近年也不斷鼓吹，認為昆蟲是解決人類糧食問題、環境汙染還有對抗全球暖化最好的未來食物，因為昆蟲的營養價值高，富含優良的蛋白質，而且脂肪低，更重要的是容易飼養，繁殖快、數量多，一隻蟋蟀可以產下數千顆

救地球靠你我

卵，然後在九星期內從卵到幼蟲，因此成本低，對環境的衝擊小，使用的資源也少。

的確，昆蟲對飼料的要求很低，不管是植物性的堆肥或混雜的廚餘，甚至屠宰場的動物廢棄物，昆蟲都可以賴以為生，並且轉換成超優質的蛋白質，更棒的是換肉率超低，只要兩公斤飼料就可以長出一公斤重，跟牛需要吃將近十公斤飼料才能變成一公斤肉，真的是太有效率了。

而且養昆蟲不需要昂貴的設備和龐大的空間，跟近年為人詬病的牛羊豬等畜牧業對環境的影響與汙染相比，簡直是太完美的食物來源了。因此各國無不看準這個新興產業，成立了許多新創公司，推出很多令人驚訝的產品。

比如全美國超級市場有一款類似洋芋片的零食叫作「吱吱叫脆片」，就是用蟋蟀做成的點心，荷蘭的超市集團Jumbo的門市，也開始販售由昆蟲當內餡的漢堡還有香脆零食。

義大利美食展上，有出名的大廚開發出許多昆蟲美食，比如用蝗蟲醃漬而成的肉醬，或螞蟻做成的濃湯，據說台灣的山產野味餐廳，偶爾會供應炒蟲蛹、螞蟻炒蛋等等的菜色，台北一些夜市熱炒店也會提供炸蟋蟀當作下酒菜。

從古至今，在亞洲，拉丁美洲與非洲的傳統飲食中，昆蟲是很常見的食物，據聯合國糧農組織估計全世界吃昆蟲的人口，大約有二十億人。其中吃得最「豐盛」的，大概是泰國了，他們有能力把兩百多種的昆蟲變成菜色吃下肚。

早些年，台灣物質還很缺乏的時代，孩子沒有零嘴吃，常常會在野地裡捉些蟲蛹吃，畫機器人與大嬸婆漫畫陪伴我們度過童年生活的劉興欽先生，在描述他成長經歷的《大山背的野孩子》，其中就很詳盡地描述他如何吃虎頭蜂的蜂蟲和蜂蛹，還有躲在竹筍裡的筍龜子，這是俗稱筍蛄的台灣大象鼻蟲。吃幼蟲或蛹還可以理解，最令我目瞪口呆的是他把長得像金龜子的大象鼻蟲的成蟲頭摘掉，然後塞進幾粒鹽，再把頭插回竹籤上，一隻一隻串成一串，像現在我們燒烤肉串一樣烤來吃，更嚇人的是，有時候懶得烤，直接扯掉硬殼和腳，就活生生地吃。

我相信現在的孩子，不要說生吃活生生的昆蟲（據劉興欽說，幼蜂或蜂蛹生吃像吃頂級的生魚片一樣，非常好吃），連看到昆蟲恐怕就會尖叫逃走，覺得又髒又噁心，怎麼敢去吃它呢？

不過據說蟋蟀嘗起來很像堅果，很適合用義大利青醬來烹調，或者當作蛋糕的原料，放在墨西哥捲餅中更是絕配。

好吧，我也必須承認，我恐怕也不敢吃完整形狀的昆蟲，但是，假如磨成粉，做成餅乾，我應該會吃吃看，畢竟，這可是拯救世界的重要方法啊！

食物、農夫與我們的餐桌

有人說美國人放進冰箱的化石燃料跟放進汽車的幾乎一樣多。據統計，每個美國人花在農業用途上，每年平均大約消耗四百加侖汽油，與耗在車輪用油一樣。

為什麼灑下種子，然後依賴「晨霧夜露，吸收日月之菁華」自然長成的農作物，需要耗費那麼多的石油？原因是近代美國往全世界強力輸出的慣行農業所採用的合成化肥、殺蟲劑、除草劑都是用化石燃料生產而來，大面積單一耕種所用的耕耘機、收割機以及灌溉系統也都是耗費大量石油，再加上食物從農場到餐桌之間漫長的運送過程，往往必須加工、包裝、倉儲和冷藏，這些耗掉的能源遠遠超過我們從食物本身獲得的卡路里。

表面上看起來，全世界人口的糧食需求似乎因為這種依賴化石燃料的「綠色革命」而以低廉的價格得到充分的供應，可是這種機械化的大規模生產也擊垮許多貧窮國家的糧食生產體系，連帶也瓦解了當地的自然生態系統。

更麻煩的是，慣行農業依賴的化石燃料並不是無窮盡可再生的資源，當十年、二十年之後，面對石油供不應求乃至於價格飆漲時，綠色革命所帶來虛幻的豐盛，就會如同鏡花水月一般，消失無蹤。可是各個國家的農地一旦被廢棄，或者改為工廠或豪宅，要重新投入生產人民賴以存活的糧食是非常困難的。

因此，這些年來，我只要到公部門演講時，不管講什麼題目，最後我都會花一點點時間提醒這些制定國家政策與分配資源的官員，一定要維繫台灣自己的糧食生產體系，因為那將是後石油時代台灣人民能否存活下來的關鍵，同時我也常透過演講或寫文章對一般社會大眾呼籲，不管是為了自己的後半輩子或者後代子孫，乃至於自己的健康，一定要購買台灣在地的農產品，即便價格稍微貴一點，也一定要支持。

農產品跟魚翅不一樣，我們吃魚翅，鯊魚一定會愈來愈少，但是假如我們吃自己種的稻米與水果，那麼台灣的稻米與農作物就會愈來愈多。

其實只要購買台灣農產品的人愈多，也更多人願意協助台灣農產品的行銷，小農與對環境友善的有機栽培效率與成本並不會比慣行農法差。

美國農業部曾經有一個研究報告，面積小於四英畝的農場，平均每英畝淨收入是一千四百美元。這個數字隨著農場面積增加而遞減，一直降到超過一千英畝的農場淨收入為每英畝四十美元為止。

既然小面積栽種經濟效益好，那麼為什麼美國的小農競爭不過大規模經營的農場而一個個破產消失？我想這是來自於現今全球化的商業體系與大規模的通路與連鎖店的巨量進貨需求，這樣的經濟體系讓小農的產品無法進入銷售的貨架，消費者也很難從大賣場裡購買。

這也是農夫市集產生的原因吧？跳脫大量且一致化的全球化經濟體系，恢復到從前，讓生產者與消費者直接碰面與對話。

政府這些年也相當鼓勵青年人回鄉當農夫，許多有理想有遠見的民間團體與民間企業也以各種方法支持，儼然似乎有了一種農地復興的態勢。

除了這些以職業生涯為目標投入的新農民之外，另外也有一些是從都市的職場退休之後回歸土地的浪漫兼職新農民。的確，隨著社會環境變遷，在這令人喘不過氣的都市裡，愈來愈多人如同我一樣，每當在忙碌的工作與行程間隙，腦海裡就會浮現由三毛作詞的〈夢田〉這首歌：「每個人心中都有一個夢，每個人心中都有一畝田，用它來種什麼？種桃種梨種春風……」

我知道不只是我有這個夢，因為周遭許多朋友在退休後真的到鄉下買塊農地，開始當起農夫，不過有更多人買了地蓋了農舍之後，才發覺當農夫很辛苦，於是半途而廢，農地就荒廢在那裡，更可惜的是為了省事，把農地鋪上草坪或改成水泥停車場。

從事農業的確必須耗費巨大的體力與時間，不是我們想像那麼浪漫，而且若是為了實踐田園夢而當個全職農夫，雖然可以全力投入，但是為了收成與營收可能會產生另外的煩惱，因此對於這些浪漫的都市人而言，若是仍保有養家活口的正職當個假日農夫，在沒有經濟壓力的情況下，只有在假日揮汗勞動，也許就能達到以接近土地與生命，體驗更寬廣的人生。

這種一半上班一半當農夫的生活，剛好是日本前些年開始流行的「半農半×」的新概念，也就是花一半的時間做農夫種自己吃的菜，另一半時間找到自己的生命職志，貢獻社會。

這種一半一半的平衡人生，也讓我想起清朝李密菴所寫的〈半半歌〉：「看破浮生過半，半之受用無邊。半中歲月儘幽閒，半裡乾坤寬展。飲酒半酣正好，花開半時偏妍……」

假如我們不能做到擁有自己的農地當一半的農夫，我們也可以參加近年在台灣逐漸流行的「穀東會」，贊助金錢加入會員，然後利用我們許可的假期參與農事的勞動，平常就委由專業農夫來照料。

當我們真的有機會接近農作生產的現場時，才能更有意識地選擇我們餐桌上的食物，拿回我們主動選擇食物的權力，而不是毫無主見地被商人所操控的工廠化食品牽著走。

當我們知道要吃當季且當地的食物時，不但可以擁有健康的身體，更能獲得精神上的滿足，而且也為環境保護、能源消耗做出很有意義的貢獻，對台灣而言，當我們的糧食生產自給率能增加的話，也才能確保我們安然度過後石油時代社會轉型的痛苦劇變。

人體的原始記憶與演化

這幾年我很喜看科普的書，或者是含帶許多知識或實驗研究的散文，或者是順手拈來有許多歷史典故稗官野史的雜文，因為看這類文章往往會令人驚訝，年紀愈大，這種會令我們驚訝的機會就愈可貴。

這本《我們的身體，想念野蠻的自然》一再令人拍案叫絕，顛覆了許多既有的觀念，但是提出的論據也相當具有說服力。

書的封面有幾行小小的字，從厚達近三百六十頁的書裡，列出幾個或許會引起我們好奇的問題：「為什麼有人選擇吃寄生蟲，來解救腹瀉、胃絞痛的問題？現代醫學全面消滅人體內『有害的』微生物，反而危害健康？原來你的祖先喝牛奶會生病，牛奶真的有益我們的健康？沒有獵豹老虎的追趕，才讓現代人容易心悸與焦慮？」

當然，書裡面不只是回答這些問題，而像是一本精采的故事書，講一段又一段生物如何在演化中互相競爭與合作的故事，作者從文明社會最困擾的一些過敏症以及愈來愈多無藥可醫的免疫性疾病談起，以許多研究與觀察來討論一個假設，這些只出現在公共衛生系統相對健全，擁有許多醫療資源的先進國家的「新興」疾病，是不是因為來自於我們把人類周遭的微生物寄生蟲消滅得太徹底的緣故？

其實這個論點也有愈來愈多科學家接受，這也是為何「益生菌」三個字常出現在廣告裡，是眾多養生保健食品的主角。

在作者諸多令人眼睛一亮的論點中，為盲腸的翻案論述也說服了我。到目前為止，教科書上還是這麼寫，醫學上大部分的專業也都還是認為盲腸沒有用，也因為沒有功能又會帶來問題，所以很多人的盲腸都被割掉了，畢竟若是在旅行中盲腸發炎，若來不及開刀割除，很有可能導致腹膜炎，那可是會死人的。

因此，從三百年前人類就開始盲腸切除手術，挽救了許多生命，而且盲腸切除之後的患者，絕大部分也沒有任何後遺症，照樣活蹦亂跳過生活，所以認為盲腸沒有功能其實是非常合乎邏輯的推測，甚至大家會認為盲腸也許就像是男生的乳頭，沒有任何實用上的功能一樣，是生物演化過程留下的古蹟。

盲腸的正式名稱是闌尾，是在消化道底部，大約中指長的一個懸吊的小肉塊。裡面有一大堆細菌、抗體跟免疫組織。當盲腸破裂時，密度極高的細菌在無菌的腹腔內四處流竄，形成的感染，對身體健康是非常嚴重的威脅，若不即時醫治，死亡率很高。

但是若依演化的角度來看，盲腸炎在整個人類的族群的發病率是十六分之一，也就是一個人在活著的一輩子當中有十六分之一的機會會發炎，而當急性盲腸炎沒有治療，大約有一半的人會死亡。在人類演化史上，三十二分之一的死亡率，算是相當高的，在物種演化過程中自然淘汰的力量，應該會使得有致命傾向或使得個體衰弱的遺傳特徵，很難在基因庫中保存遺留下來，換句話說，盲腸假如這麼危險，又沒有用，演化是不會浪費這麼多資源在它身上，它應該早就從人體中消失。所以有學者以定律來推論，盲腸不是退化的遺跡，而是相當發達且精密的構造，只是至今還沒有很多的研究來證明它的功能。

基本上，人體內是沒有細菌的，除了從嘴巴到肛門這一條消化道之外。我們吃的食物、喝的飲料當然不可能是無菌的，搞不好生魚片裡還有許多活生生的寄生蟲與卵，但是這些微生物絕大部分到了胃就被消滅掉了，因為胃會分泌強酸，胃酸的酸鹼值在二左右，只要能正常發揮效果，寄生蟲卵碰到胃酸也活不了。胃消化過後進入腸子，所謂進一步的消化吸收就要靠腸道裡數以百億計的微生物了。據統計，腸道裡的微生物個體數比我們全身的細胞還多了十倍，所以若以遺傳的訊息DNA的數量來說，人類應該是微生物的組合體才對。

總之，從嘴巴食道然後一直到小腸大腸肛門，這整個封閉性的消化系統是容許細菌存在的，甚至消化道中人體內估計有一千種以上的微生物存在，而且絕大部分品種離開腸道就無法生長繁衍，所以很難在實驗室環境中研究，因此對這些細菌的功能我們還是很陌生。人體內除了腸道之外，其他血管、組織，大致是無菌的，假如有了外來細菌感染，即所謂菌血菌會造成很大傷害。

在落後地區的居民，常常會吃壞肚子，也就是吃下不乾淨或有毒素的食物，導致消化道感染，若不即時對付，甚至會穿透腸道進入人體，這時人體最大的防衛機制就是上吐下瀉，把腸道這裡的所有東西立刻完全清空，一勞永逸地排出人體。可是剛剛不是提到，健康又正常的人類消化道裡共生著一千多種細菌嗎？當我們消化道進行大掃除時這些共生的細菌也一起被清掉了。因此有人主張，懸吊小腸邊邊的盲腸就是個庇護站，提供腸道原生菌種的安全避難之處，當消化道把不好的細菌、寄生蟲、毒素完全清掉之後，再重返家園，建立正常的腸道微生物族群。

簡單地說，盲腸的功能就是微生物的庇護站。

我們一直以為我們周圍的蟲蟲、微生物、細菌，是可怕的，有害的，想把牠們完全消滅，我們到處殺菌、消毒，可是事實上，人類一直與許多微生物互助共生，一起演化成長，就像腸道裡數不盡的細菌一樣。有些專家還懷疑許多新興的自體免疫系統的疾病以及過敏症等等，也許是來自於人類的免疫系統在發展過程中，我們沒有「感染到」一些寄生蟲或微生物，所導致的免疫功能異常。

其實古人也說：「骯髒吃，骯髒肥」，也就是小時候在泥地骯髒環境長大的，反而會又高又壯又健康，從小在非常乾淨的環境下長大的，反而體弱多病，或許這就是老祖先的智慧與經驗吧！

認識我們的微生物好朋友

最近這幾年微生物，或者我們通常說的細菌，地位慢慢改變了，以前總以為「萬惡的細菌」，現在了解，細菌裡也有好人，也是人類維持健康與正常生長所不可或缺的同伴。

隨著愈來愈多的研究出爐，聰明的商人立刻推出各種益生菌的產品，也是養生保健食品裡重要的項目。當代生活在阻絕一切微生物的過程當中，也將好的微生物排除在外，以至於產生了許多新的現代疾病，包括過敏症及許多查不出病源的自體免疫疾病。

如果對科學史有點認識的話，我們就會常常提醒自己，要謙虛一點，要開放胸襟與腦袋，要懂得質疑也要學會觀察與驗證。

醫學史也算科學史的一部分，當我們知道八、九十年前的西方主流醫學，外科的常規治療，甚至可說是唯一的治療就是放血，而內科還在將死人的器官當作萬用藥材，恐怕會覺得匪夷所思。其實也不用太訝異，畢竟一百多年前大部分的科學家還相信一堆髒衣服會長出小老鼠。

當然，現在的科學進步到從外太空到小如奈米般的世界似乎都在人類掌控下，讓我們有了信賴專家的信心。但是，其實，一直到最近，我們對自己腸子內的世界不太了解，原因是我們很難複製或觀察腸子裡眾多微生物交互作用的狀態。

我們每個人的DNA有百分之九十九點九九是跟我們周遭任何一個人相同，但是我們腸道裡的微生物聚落頂多只有百分之十跟別人一樣，而腸子裡的微生物以細胞數量來說，是我們全身數量的十倍，若以基因種類來看，每個人有二萬個基因，而我們體內的微生物所帶來的不同基因就有上千萬個，所以不管以細胞數或基因數來看，我們是由微生物所組成的。

最近這幾年開始了許多對腸道微生物的研究，也慢慢破解了許多謎團。甚至有些科學家還發現，腸道裡有複雜的神經系統，簡直像身體的第二個大腦，這也印證了很多企業家表示過的，在面對許多決策時，感覺有問題時腸道就會不舒服。

近年流行於坊間的另類醫療，或自然醫學，而且這些年有許多以科學為包裝，但顯然就是詐財的偽科學，為了販售高價養生保健產品而空口說白話，在這訊息混亂的時代，難免會使得許多學科學的人以及相信西方傳統主流醫學的人心有疑慮。

有這樣質疑的坊間的人是對的，我們不只要對網路上來路不明的訊息質疑，其實也要對現今的主流醫學質疑。

另外，對於建議或處方，應該不必花昂貴的費用，也不會對身體造成傷害，而且，這些改善我們身體健康的方法，其實也對我們的環境、對我們周遭的萬物生命是有幫助的。

換句話說，接近大自然與所有生命和諧相處，是人類未來唯一的出路，也是必須推動的新生活運動。

現代方舟

有人說，每個人一生至少都會到動物園二到三次，第一次是小時候被父母親帶去，第二次是長大當父母後帶孩子去，幸運的話還有第三次，就是陪著孫子一起去。

動物園大概是在現代，唯一跟大型獵食性動物近距離接觸的機會了。幾十年前有馬戲團，獅子老虎還會表演跳火圈，但是在愛護動物的思潮下，現代的馬戲團已經沒有動物在表演了，只剩下空中飛人跟小丑。

甚至，動物園在保育的觀點下，差一點也如同馬戲團般被時代淘汰，除了因為展示活生生的動物不人道之外，往往從野外捕捉以及運動物的過程，會死掉十倍以上的動物。尤其在早些年，人們不太會照顧這些動物，再加上關在狹窄的籠子裡，通常很快地就死掉，又必須去野外捕捉，所以幾百年來動物園的確是動物的殺手。

動物園的歷史很悠久，人類在三、四千年以前就開始圈養動物供人觀賞，甚至有些動物園還曾經是人獸格鬥的競技場，直到歐洲的大冒險時代，許多探險家到全世界蒐集各種珍奇異獸，然後買賣供人欣賞，這大概是現今動物園的起源吧？

動物園之所以沒有被時代淘汰，主要是轉型成功，從娛樂的功能，轉變成環境教育或保護動物的重要角色。

首先，現在的動物園已經不能購買野生的動物，而是透過與其他動物園所繁殖的動物彼此作交換。其次，有些動物園已轉型成生態保育單位的附屬機構，擔負現代方舟的角色，也就是為那些因為族群數量非常少，而且在牠們的自然棲地裡有許多危機而瀕臨絕種的生物當作庇護所，或者復育中心。

原本保護動物或研究復育的工作，應該是由學術單位或生態保育機構來做，但是因為動物園一則有場地，二者有人員編制，除了飼養更可以進行研究，同時也因為賣門票所以有經費，復育物種是很花錢的，而且更重要的是，透過孩子喜歡參觀動物園的機會，正是從事生態保育、環境教育的大好機會。

動物園的轉型有一位著名的自然生態作家杜瑞爾有很大的貢獻，他很小的時候就在火柴盒裡養昆蟲，夢想擁有一個自己的動物園，長大後他寫了幾十本非常暢銷的書，也主持與拍攝了許多很受歡迎的電視節目，宣傳愛護動物保護環境的觀念，最後他創立了幾個基金會以及他理想中的動物園。

他曾經反駁那些到動物園抗議的志工，他說，認為動物園裡的動物飽受折磨，而住在大自然裡就像住在伊甸園中，其實是不對的。因為野生動物必須面對不斷尋找食物的勞累，隨時得躲避敵人的精神壓力，還有疾病以及無數的寄生蟲的騷擾，大部分的動物在大自然裡，尤其是新生兒的死亡率是非常高的。

當然，那些抗議的愛護動物人士並不買帳，認為動物在大自然裡即使比較危險，但畢竟是自由的，總比一輩子被關起來好吧？

杜瑞爾對這個問題也有回答，他認為人類對自由這個名詞太偏執了，其實動物不見得有人類這樣的自我意識，活下來並且繁衍後代，大概就是所有動物演化最核心的目的了。何況我們必須面對一個現實，因為人類的擴張，地球上可以供野生動物生存的空間愈來愈少，牠們在自然野地裡能存活的機會也愈來愈困難，據統計，目前約有二千種脊椎動物需靠全世界各地的動物園或庇護站的圈養避免種族的滅絕呢！

其實杜瑞爾在他所有的著作中，都不斷強調，動物園可以就近從事動物行為的研究，最終目的應該是要更能有效地幫助野生動物，因為你只有了解各種不同動物的不同需求，才能成功地保護他們，而且動物園也一定要繁殖復育動物，然後再找機會野放到大自然裡，讓牠們在方舟外的真實世界中生生不息！

但是努力了幾十年，真正成功的例子並不是很多。主要是因為原本的自然棲息地條件不見得很好，而且還有盜獵者去偷獵那些珍奇的物種，這也是目前還有二千多種瀕臨絕種的脊椎動物還被人工圈護的原因吧！不過話又說回來，這樣的圈養其實也不是長久之計，因為物種面對各種自然環境的挑戰，不管是乾旱或疾病、寄生蟲、捕獵者，雖然有壓力，很危險，但是這也是演化的自然現象，當我們為動物消毒除蟲，給予豐富而均衡的食物，只會把牠們養得愈來愈嬌弱，更無法在大自然裡自己求生了！

動物園究竟該不該繼續存在？

許多關心大自然、立下保護動物心願的人，都是來自於小時候參觀動物園所燃起的好奇與讚歎，動物園裡活生生的動物，也可以提醒我們與動物所共享的這個世界，人類所扮演的角色與必須擔負的責任，所以動物園還是有存在的價值，不過我們也必須共同監督，不要讓動物園成為只是娛樂或營利的單位。

美國紐約布朗克斯動物園曾經有個展覽室，標示著：「地球上最危險的動物」，結果進門一看，只有一面大鏡子。沒錯，如果以地球上其他所有動物的觀點來看，人類才是最危險的動物，我們人類要轉型，變成保護動物的守護者，才不愧為萬物之靈。

少與多，簡單與豐富

哲學家尼采曾寫過一段話：「快樂，只需要一點點就可以滿足！最細微的東西，最溫柔的事物，最輕盈的玩意，一隻蜥蜴發出的沙沙聲，一次呼吸，一個眨眼，眼波流轉……這些微不足道的東西，創造了難以比擬的快樂。」

的確，我們住的房子究竟要多大？我們需要多少的東西才足夠？日本都市空間跟台灣一樣擁擠，但是他們住家再狹窄，也會留出一方小小的庭園，一個與自然生命接觸的場域，而台灣卻往往把陽台推出去，變成室內，甚至想辦法不斷往外加蓋。

詩人布雷克曾提醒我們：「還要更多！還要更多！這是受苦靈魂的呼喊！」是啊！所謂窮人不是那些擁有很少的人，而是那些欲望很多的人。

隨著科技的進步，我們創造了許多的東西，而且人類的力量也無遠弗屆，地球上任何可以開發利用的物質也都納入全球經濟體系的一環，所以我們正活在一個物質太過豐盛的時代裡，甚至為了擔心經濟蕭條，各國政府無不以鼓勵消費來確保經濟發展。

當每一個人都陷入了拚命工作、拚命消費的循環時，其實也逐漸喪失了對生活的感受能力，形成了物質愈豐盛，但是精神和心靈卻愈空虛的現象，換句話說，我們愈富足卻愈不滿足。

總是覺得，當一個人不斷購物，不斷想擁有更多時，用的其實並不是金錢，而是時間，然而時間就是生命，當我們用生命換來的那些物品，是我們真正想要的嗎？

這些年隨著節能減碳的風潮，簡單生活也似乎形成另一種時尚，因此「少就是多」、「簡單就是豐富」也出現在許多人的口中。少與多是相反的意義，簡單與豐富也是相反的概念，為什麼會等於呢？

這是因為人的時間是有限的，人的精神注意力是有限的，當一個人的心裡充塞太多東西的時候，其實什麼也就感受不到了，反而是當簡單的時候，我們的心才會活在一個更大的空間中。就像一個吃得很飽的人，對食物就不會有任何興趣一樣，一個沒有感受力的心靈，是無法擁有真實的快樂的。

當我們擁有的東西少，就會好好去使用它，注視它，跟它產生感情，少反而形成了感受的多，這就是少就是多的原因吧！

因此，簡單的生活反而是充滿感受的生活，心靈反而會更覺得豐富，這也是簡單就是豐富的真諦。

聖嚴法師說：「我們需要的不多，想要的卻太多了！」

泰戈爾說：「一個人擁有什麼，他的限制也就在那裡。當我們追求並擁有許多想要的東西時，或許我們是富裕的；但若能夠不需要它們，這就是力量。」

總會想起小時候，那個物資很少、人情卻很多的時代，當時的生活雖然清苦，然而快樂滿足總是比憂慮煩惱多，而且大家都過得很安心。

是否能夠偶爾熄掉燈光、關掉聲音，停掉機器、推掉邀宴？「少」，有的時候是「更多」。根據研究與統計，滿意度最高的活動，往往是去除聲色刺激、花費最少的活動，好比看夕陽、散步、沉思、與好友盡興聊天、溯溪，或是在公園裡做運動。生命中最美好的事物，其實都是免費的。

只有從聲色爭逐中慢下來，我們才能再看到天空、雲朵、花樹、蝴蝶和路人，再看到真正的生活。

讓我們在生活中開始有意識地過簡單的生活吧，因為少就是多，簡單就是豐富。

春天的隨想

之一：春夜喜雨

我很喜歡杜甫的這首〈春夜喜雨〉：

好雨知時節，當春乃發生；隨風潛入夜，潤物細無聲。

喜歡的原因是我相信「浸染」的威力，不管是如詩所隱喻的德行，還是不管好壞，整個時代的變遷，也是在一天一天之中，人們不知不覺裡，就完全不一樣了。

人類很容易適應環境，同時人的思考往往也是線性的，當昨天是如此，今天還好，所以我們就會認為明天應該也還可以，不過真實世界的發展，往往不是線性的，而是曲線，存在著所謂臨界點或崩潰點。套用生態環境的專有名詞，世間萬物面對環境改變往往有「承載量」，在那臨界點之前，似乎一切都還好，但是就像壓垮駱駝的最後一根稻草般，臨界點前再加上一點點微小的改變，原先似乎龐大堅固的結構就此土崩瓦解，然後再也回不到過去了。

像這種春雨般潤物細無聲，朱熹的〈觀書有感〉也有很好的比喻：

昨夜江邊春水生，艨艟巨艦一毛輕；向來枉費推移力，此日中流自在行。

北方冬日河流上游結冰，等到某一天忽然冰雪融化，在下游原本擱淺無法移動的巨艦，因為隨著春天而來的河水而浮起自在而行。這是朱熹形容讀書的狀況，起初我們的努力就像在推擱淺的巨艦，一動也不動，等到累積足夠的能量，總有一天終會開竅，就像春天所帶來足以浮起巨艦的流水。

古人的詩句的確是當時因天候氣象所帶來的生命感懷，但是到了二十一世紀的現在，全球暖化所帶來的極端氣候影響，如今春天已不像春天，冬天也不像冬天了！

之二：惜花春早起

古人曾經這麼建議：「惜花春早起，愛月夜眠遲。」但是，假如我們既惜花又愛月，那該如何是好？

春雷一聲響，萬物甦醒，自古有所謂「走春」的習俗，在這欣欣向榮百花競放的春日裡，到大自然走走，感受蓬勃的生命力。

假日在家，與雙胞胎女兒在社區後山散步，看到遠遠近近的各種樹木枝枒末梢，透出淺淺深深各種綠，嫩綠、鮮綠，我就知道春天到了。

有時候晚上夜讀太晚等到要就寢，大約清晨三、四點時，早起的紫嘯鶇的鳴叫聲不再是單調粗糙的單音，而變成繁殖季節才會有的婉轉又柔美的歌聲時，又提醒我，春天到了！

喜歡古人「春耕，夏耘，秋收，冬藏」那種清清楚楚的節奏，就像我喜歡學生有「開學、玩耍、考試、放假，開學、玩耍、考試、放假」作為起承轉合的生活方式。進入社會工作，面對數以千計萬計的日子，一口氣鋪陳在面前，沒有標點，沒有段落，日子過得就有點模糊了。幸好住到山上，總算逐漸恢復了古代那種有季節感的自然生活。

不再像都市人必須透過電視來告訴你：「大閘蟹的蟹黃大餐上桌了，所以，秋天到了！」或者是靠百貨公司換季大拍賣或春裝上市的廣告來報訊，甚至對於很多朋友來說，也許從每天一早起床，到地下室開車，然後停車在辦公大樓的地下停車場，一天二十四小時幾乎都在空調的人造環境裡，對溫度、氣候的變化幾乎無法感覺出來。因此，要提醒自己，抬頭看看天空，看看遠山，然後，在春日，到山裡走走。

關於沙漠的隨想

（一）台灣的沙漠

有時候跟朋友分享台灣的特色時，會特別強調，全世界很少有一個屬於島嶼的地形，卻包含了幾乎所有地理上所有的樣貌：丘陵、高山、平原、溼地、峽谷……只少了高原與冰河，雖然這些地形地貌都比較袖珍一點。

偶爾有敏銳的朋友會挑我的毛病：不只沒有高原與冰河，台灣也沒有沙漠吧？其實台灣也有沙漠，或者拍照起來很像沙漠的地方，就在屏東的九鵬沙漠。有三、四座高十幾、二十公尺，如足球場般大的綿延沙丘，若是角度選得好，還真像走在大沙漠裡。

這是屏東靠太平洋的沙灘，被季風吹上岸所形成的沙丘，二十多年前附近沒有公路阻攔時，形成的沙丘很壯觀，但是這些年再去看，規模就小多了。

（二）什麼是沙漠？

沙漠的定義是一年降雨量在二百五十毫米以下的陸地。若依此定義，北極的苔原以及南極那片被冰封的大地也都算是沙漠，而且是全世界最大的沙漠。

若是以我們印象中高溫炎熱的沙漠，那位在非洲的撒哈拉沙漠算是最大的沙漠，而中國的戈壁或美洲的他加馬沙漠，溫度就沒有那麼高，算是寒漠。

不過即便如撒哈拉沙漠白天非常熱，晚上的氣溫也會降得很低，早晚溫差變化非常極端。

我們想像中的沙漠，都是黃沙一望無際，其實這並不是沙漠普遍的常態，大部分的沙漠是岩石或土礫，黃沙是那些岩石土礫在漫長悠久的時間中被風化才形成的。

沙漠廣闊，荒涼，單調的表面下，卻蘊藏了一些我們難以想像的物種，植物雖然不多，長相或許怪異，卻仍然可以感受到那不屈不撓的生命力。比如一顆仙人掌從種子發芽到死亡傾頹的兩百年生命循環裡，可以看到生命在不同環境下求生存的努力。

（三）仙人掌

有許多朋友喜歡在書桌上擺設一些袖珍可愛、鮮豔奪目的仙人掌盆栽，還不時驚歎：「想不到仙人掌在溼度這麼高的台灣也可以活下來！」

哎！拜託哦！仙人掌住在沙漠裡，並不是因為喜歡沙漠，而是因為沙漠還沒有害死它。其實若是把沙漠裡任何植物移到其他地方的話，都會長得更好。

有一種仙人掌，在天氣真的非常乾燥時，會讓根部脱落，免得乾枯的土壤透過根部把水吸了回去。若還是不下雨，它會整顆開始收縮，形成一個堅硬無根的球狀物，可以停止代謝作用似乎是假死般的長達數年。等到下雨，會在幾個小時之內迅速吸水，恢復完整的功能，重新復活。

最近幫一本一百年前出版、最近再版的書寫序，這本《無界之地》寫的是一群生活在沙漠裡的人的故事。書封的文宣上寫著，沙漠裡有多遼闊，他們的心就有多荒涼。

的確，這裡不是國家地理頻道中有趣迷人的沙漠生態，也不是觀光旅遊傳單上的壯闊美麗，當然，也不是美國西部片裡那充斥亡命之徒的法外之地。在沙漠中，不管植物、動物乃至於人類，在極端環境下求生存，也鮮明地呈現出生命與土地之間的關係。

（四）髮菜與沙塵暴

前些年，來自中國大陸內蒙古以及大西北地區的沙塵暴，隨著鋒面以及高壓系統南下，將沙塵帶到鄰近國家，引起很多團體的關切，來自世界的環保人士也前仆後繼到沙漠裡種樹。

其中有一個由大陸企業家成立的環保團體「阿拉善基金會」也是其中非常著名的單位，他們關懷的層面，近年也從沙漠擴展到其他生態保育的領域。

記得當年沙塵暴嚴重時，住在台灣的民眾常會批評大陸放任沙漠化不管，但是我們也忘了，當時我們對大陸的沙漠化與沙塵暴的發生也有貢獻呢！

因為台灣人愛吃髮菜，那種細細長長像髮絲一樣的菜。髮菜是長在中國大陸沙漠上的爬藤類植物，通常髮菜能把沙子固定住，然後其他植物才會陸續冒出來。可是台灣人喜歡吃髮菜，邊疆窮苦老百姓就會去挖髮菜賣到台灣來。髮菜一長出來就被挖走，所以沙子一直無法固定，其他植物也無法生長，沙漠化就無法改善了！

很多人可能無法想像，就因為我們到餐廳點了髮菜，卻會造成我們的長輩因為沙塵暴來襲呼吸道感染而送加護病房呢！

這種萬事萬物都會關連到其他萬事萬物的現象，也稱為蝴蝶效應，其實這也給每一個願意挺身而出的行動者希望，因為，一個小小的行動，也許也會造成想像不到的巨大效果。

關於《瓦力》與〈別讓地球成為垃圾場〉

近年陸續有幾篇文章被選入國小、國中與高職的國文教科書，其中國三教科書採用的〈別讓地球成為垃圾場〉，編輯要我寫些背景說明供老師參考用。

當今青少年的時代課題與他們的長輩很不一樣，相對於戰後嬰兒潮從戰爭物質匱乏中走過，經濟成長與改善生活為王道，但是到了現在，環境保護與永續發展已經成為主流思潮，也是孩子從小就耳濡目染的概念。

但是知道是一回事，能不能身體力行，創造出有效的行動與改變，又是另一回事。我以為，能夠讓我們長期努力的動力來自於兩種途徑，第一種是內心被碰觸到，這種感動的力量是最持久的動機，另外一種是來自於知識上的真正理解，系統性且追根究柢式豁然開朗的理解。

以賈伯斯成立的皮克斯動畫公司拍的《瓦力》當作題材，就是希望在好看影片的包裝下，探討垃圾與資源這個議題。

中學的孩子應該已經學過物理化學中最重要也最基本的定律「物質不滅」。我們生存的這個世界，基本上由兩種基本元素所構成：來自太陽的能量以及地球本身的物質。換句話說，除了偶爾出現的隕石以外，地球是個封閉的系統，物質是不斷在循環的。

比如說，我們現在呼吸進去的氧原子，也許兩千多年前孔子也呼過同一個氧原子；組成皮膚的碳原子，也許來自楊貴妃頭髮裡的碳原子。在地球這個密閉系統裡，所有元素，都是反覆循環再利用的；但是人類合成的化學物質大部分卻回不到這個循環再利用的系統，長久下來，當然會有問題。至於短期對個人而言，這些廣泛散布於整個環境中的人工化合物也會對身體健康有不良的影響。

是的，孩子應該可以理解到人類近百年來科技文明的發展，創造出無數種地球原本不存在的東西，這些東西也很難分解重回地球的物質循環。換句話說，人類之手阻斷了地球自然的物質循環，長久以往，若乘上龐大的數量（全世界無以計數的工廠一天三班制不斷地快速生產中），勢必會對地球的生態產生難以估計的影響。

當然，活在這個追求便利為核心價值的經濟體系裡，我們已經不可能不使用任何化學合成品，但是製造與拋棄的處理過程要更謹慎，站在資源永續的立場來研發新的科技，這也是文章後面提出「從搖籃到搖籃」必須這種設計概念的原因。

這篇文章的主旨似乎是環保，好像應該放在「生活科技」這個科目來上，但是國文課是現今中學所有科目中，比較能夠透過課文的多元選擇，與孩子一起探討價值觀的機會了。

而青少年階段，正是一個人建立價值觀最重要的階段，小學生還活在自我世界，大腦的發展也尚未成熟到思考自己與他人、自己與社會環境的關係，而到了高中大學，價值觀已經定型，若是學校教育放棄與孩子共同思辨、共同討論如何去看待這個世界（我們選擇用什麼觀點看這個世界以及會用什麼態度或方式來回應這個世界，就是價值觀，觀點沒有對錯，只是一種選擇，因此價值觀也沒有絕對的對錯，也是個人的選擇），那麼孩子就會從同儕、從網路那些偏激、極端的言論中，形塑出自己的價值觀。

但是價值觀的傳遞，若是用威權且教條式的宣傳，對於處在叛逆期的青少年，不僅沒效，往往還會適得其反，這也是這些年我出了好幾本討論電影與日劇的書，希望提供給老師跟家長比較有效的工具來引導孩子思考的起心動念。

其實，對於家長來說，若沒有能力或習慣與孩子進行深度討論也無妨，只要影片挑得好，跟孩子一起專心看，心有所感，就會有效。而且當一個人在感動時，耳根子會特別軟，家長只要看完電影後，輕描淡寫地分享幾句自己的感受與看法，不必勉強孩子與你討論或發表看法，在感動的氛圍中孩子會聽進你說的話，也會在他們生命中發酵、醞釀，在往後人生裡，會適時地生根發芽茁壯長大的。

對於老師而言，不管是透過文字的閱讀或影像的閱讀，因為在課堂上，有同儕互動與刺激，以及因課程與作業的要求，可以理所當然地讓孩子發表意見，然後進一步地思考討論。

剛提到，青少年是建立價值觀的階段，但是除了國文課利用文章的選擇之外，其他科目很難承擔這個重要的任務。

在現今文字與影像都被歸類為廣義的閱讀，而閱讀的效用，一方面是能力的提升（基本學習能力以及思辨能力），另一方面就是開拓視野改變人生（建立個人的信念與價值）。

我在《電影裡的生命教育》序言裡，除了分析文字與影像對人類大腦認知學習的不同作用之外，也特別提到生命教育該如何操作。台大哲學系孫效智教授提出生命教育的三大內涵（終極關懷與實踐、倫理思考與抉擇、人格統理與靈性發展）可以用「人生三問」來呈現生命根本的課題，亦即「人為何而活？」「人應如何生活？」「人又如何能活出應活出的生命？」

這些問題我們或許可以條列些「標準答案」或「生命典範」為教材，但是單憑這些知識層面的認知，其實不太能夠內化為正確的人生觀或價值觀，因為這些生命的態度通常要在生命的「真實情境」裡去體驗。這也是生命教育最困難的地方，我們很難幫孩子設計或引領他們參與許多「情境」來讓他們去體驗，因為成本太高，我們的時間與資源都有限。但是若只是像一般學業科目一樣，設計教材教案，甚至必須繳交可以評量績效的成績，這麼一來就很容易淪為紙上談兵，空洞或荒謬，恐怕也是必然的結果了。

要能夠真正影響生命，改變行為，最有效的方式大概就是被感動後所產生的力量，因此，看電影，而且是很專注地看適當的電影，當孩子精神上可以投射進入劇中的主角，跟著一起哭一起笑，一起面對生命的困境與抉擇時，看電影就可以是一種模擬的「情境教學」。

好電影很多，就像古往今來偉大的文本也有很多一樣，如何在茫茫影片之海中撈取沙金，與孩子共度成長的時光，我寫了三本《電影裡的生命教育》及《閱讀是最浪漫的教養》這本書，大約介紹了近三百部影片，希望對大家有所幫助。

卷五　我的心我的眼，看見台灣

我的心我的眼，看見台灣

二〇一七年六月八日，在華山文創園區舉行一場盛大的記者會，宣布《看見台灣Ⅱ》的紀錄片正式開拍。二〇一三年底上映的《看見台灣》以令人震撼的直升機空拍影像，讓台灣人拉高視野，鳥瞰整個台灣，而這紀錄片也創下空前（大概也會是絕後）的票房紀錄，政府感受到來自全國民眾的壓力，誓言取締非法，保育國土山林。

記者會過後，齊柏林導演就到花蓮勘景，六月十日直升機升空，不久就墜機，全機三人全部罹難。

《看見台灣Ⅱ》的企圖更為遠大，不只上天，還將下海，沿著流經台灣的黑潮，將攝影範圍拉到台灣周邊的國家，比如馬來西亞、菲律賓、中國大陸以及日本。

為何承載著全國民眾期待的齊柏林導演會壯志未酬？自古以來壯志未酬身先死總是令人傷感，更何況這個英雄懷抱的壯志是守護台灣這片土地，以及依附這片土地而生的所有生命？

「假如有上蒼的話，那麼上蒼的旨意是什麼？」

齊導演罹難一週年，在當時開記者會的同一個地點，也舉辦了「看見．齊柏林基金會」的成立典禮，我以基金會顧問的身分致詞時，詢問台下擠得滿滿的媒體記者以及齊導演的好友們。

「或許就是藉由齊導演的獻身讓大家得以聚在一起成立基金會，號召更多人的投入，讓他的心願得以持續。」我這麼的提出期待，因為一個人的感動很容易因為工作壓力與生活忙碌而淡忘消失，或許成立一個團體，讓大家可以彼此鼓勵，互相打氣，匯聚力量不斷付出，才能帶給台灣真正的改變。

很巧的，今年公務員年度選書，也挑了齊柏林所寫的《我的心我的眼看見台灣》這本書，我陸陸續續應邀到十幾個政府機關去導讀這本書，我也有機會仔仔細細地重新觀賞《看見台灣》紀錄片與這本二〇一三年底就出版的書。

書在第一章，夢想的起點，齊柏林說：「山像是一切事物的起點，也是我投入空拍領域，一個開始的啟發。」

台灣是一個島嶼，但是卻是一個全世界都非常罕見的高山島，我們不只是住在海島上的民族，我們更是住在山裡山邊、山腳下的屬於山的子民。山是台灣生態豐富美麗的原因，山也將會是台灣在極端氣候影響下，苦難與災難的來源，假如我們無法善待我們生存所依賴的這片山林的話。

齊柏林搭著直升機從空中往下看，他說：「空中看桃園復興鄉經新竹尖石、五峰，台中和平再到南投仁愛、嘉義阿里山，這一條帶狀中高海拔的山區，全是高山農業，不是果樹就是蔬菜農場及高山茶園。密密痲痲，看起來怵目驚心。高山農業所造成的水土破壞是難以恢復的。拍照之後，我開始不買高山蔬果，算是我對這塊土地能做的一點小事。」

其實齊柏林說的，他所能做的這一點小事，其實是非常重要的。通常，對於這些濫墾的農地，我們總是期待政府能夠好好取締，但是道高一尺、魔高一丈，俗話說：「賠錢的生意沒人作，賺錢生意砍頭也不怕」，在這個消費時代，或許透過消費者的自覺，不買傷害環境的任何產品，或許才是釜底抽薪之道。

記得多年前第一次遇到齊柏林時，不免俗問他在空中繞行台灣幾百趟，認為台灣什麼地方最漂亮，當時他給了一個很有哲學意味的答案：「只要沒有人的地方，就是最漂亮的地方。」的確，人跡之所至，開發隨之而來，破壞超限利用也如影隨形。

他在書中也這麼說：「我拍過山坡被挖了洞、回填了滿滿的垃圾。還有滿滿的山頭蓋滿各種建築，在地面上的人看起來是豪華的別墅，但我在空中來看，卻是順向坡的危險住宅，而且一個小山頭站滿了大樓，怎麼說也是件違反自然、不健康的事。我出機，看到這種滿山頭的建案，總會忍不住多按幾下快門，總覺得這樣的照片，再十年、二十年回頭看，一定會有地貌變化的歷史意義。人們只在乎房子的價錢，是不是豪宅，景觀好不好，卻沒有想過，這樣的房子安不安全，對環境的破壞大不大。」

他這段話講得很含蓄，其實他的意思是說：在十年、二十年內，假如不幸這片山頭下了大豪雨，恐怕這些蓋在順向坡的巨大建築，將會隨著土石流而崩塌。

的確，全球暖化的影響，從現在到未來，氣候與降雨的模式會愈來愈極端，這些龐大的建築群所引起的災難恐怕也會更加巨大。

從紀錄片中，我們也可以發現，台灣美麗的天然海岸線大半已消失了，西海岸因建濱海快速道路而築滿堤防，再加上二百多個漁港，一大堆工業區，發電廠、汙水處理廠……東海岸線全丟滿了消波塊，台灣是一個被水泥給禁錮的島，台灣寶島已變成台灣「堡」島。

台灣是一個島，但是台灣人無法接近海岸。

我們看不到海岸，只看到巨大的水泥堤防與消波塊。於是我們只好轉身向內。

有人說「島國心態」，這是批評人的話吧！形容人心胸狹窄，短視近利。這是因為環境會塑造人的個性與視野，若是大家只習慣朝內看，擠成一團爭奪資源，久而久之，就會形成島國心態。

但若是我們轉身，面向海洋，朝向世界，海洋民族的特性是寬厚包容，是勇敢進取，就是具有大胸襟大視野的民族！

未完成的《看見台灣Ⅱ》就是齊柏林試圖帶著我們面向海洋，朝向世界。雖然壯志未酬，但是留下來的我們，有責任讓我們的後代子孫能以拉高的視野，看見台灣，看見世界。

懼海畏海的島國子民

「你知道全世界近二百個國家中，哪兩個國家對民眾划船出海是有管制的？」

答案是北韓跟台灣。

是的，全世界只有這兩個地方，任何人只要想划著船離開海岸線，就必須事先向政府申請，取得核可，才能上船。

以上是海洋大學的退休教授，創辦蘇帆海洋教育基金會的蘇達貞教授告訴我的。其實是滿感慨的，台灣明明是個海島，但是生長於其上的子民，對海卻很生疏，到海邊只想去吃海鮮，連海岸都不太敢靠近，這種恐懼海洋的心情，從老百姓到政府都是一樣的。

在如此環境下，是沒有辦法養成朝向世界、勇於冒險的海洋文化，反而變成只會朝向擁擠的島內，搶奪有限資源，胸襟狹隘，眼光短淺的島國心態。

我們常常號稱台灣是個「寶島」，但是這些年來大量的海埔新生地、海港、海岸公路不斷建設，也丟下了大量的消波塊，造成如同「監獄台灣」般的水泥圍城，台灣「寶島」變成了台灣「堡」島。

即便以防範強浪與海岸侵蝕的功能而言，專家學者早就不斷呼籲，珊瑚礁、紅樹林等自然海岸，才是人類對抗天災最好的屏障，除了可以省下人民的納稅錢之外，也能夠讓民眾親近海洋，認識海洋，這也是建立海洋文化最基本的條件啊！

這些年來，有許多人夸夸而談台灣的海洋文化，說台灣是個海洋國家，其實，直至目前為止，我們從來沒有傳統的海洋文化，更不是海洋民族，所以當然更談不上是個海洋國家了，雖然幾百年來，在台灣落地生根的絕大部分民眾都是住在海島上沒有錯。

從歷史上來說，幾百年來，台灣民眾不管先來後到，大都是從大的陸地板塊那一端來的，所以從歷史文化到風俗民情，或起居作息，都還是屬於陸地的思維，甚至到了台灣島這數百年來，因為很少接近海，很少看見海，所以也沒有產生新的屬於海洋的文化，甚至在地理上，我們雖然是一個海島，但是這個海島是個非常特別的海島，因為台灣的高山非常多，三千公尺以上的高山就有二百多座，這麼多的高山擠在一座海島上，當百分之六十以上的面積是高山林地的島，我們簡直可以形容說：「台灣就是從海底冒出的一座山。」

的確，台灣是個島，因此我們離海很近，但是，我們卻是住在山裡頭，或者山邊，山腳下。

所以，說我們是海洋民族基本上是個誤解，台灣人是山的子民。

不過，台灣的確是個島，海洋文化所代表的寬容壯闊，勇於冒險，視野胸襟的恢弘，甚至常常面對海天一線自然生命所領悟呈現的純真浪漫，的確是值得追求或塑造的文化意象。很可惜的，若是我們沒有改變我們的環境，改變我們與海洋接觸的關係，在先天不足加後天失調的情況下，台灣的海洋文化只會變成海鮮文化！

君不見直至目前為止，各地縣市政府所想到推動海洋文化所舉辦的活動不是「鮪魚季」、「曼波魚季」就是「活魚幾吃」，台灣的觀光客到海邊，想到的最重要一件事就是大吃海鮮，從來沒有人會仔細地感受海，想像海所延伸出去的無限世界，台灣人念茲在茲的是有沒有好吃的海鮮。

至於先天不足的地方是，華人幾千年來，所有文人哲士口頭上追求所謂生命最高的境界「天人合一」，但是自古以來，華人思想中，從來沒有真正尊重過大自然，真正享受過大自然，陶淵明的田園之樂對於往後做官的大部分文人而言只是個藉口推託之詞，甚至是隱居終南山所盼望的「終南捷徑」。

華人口口聲聲講的「天人合一」真實的狀況是「天上飛的，地上跑的，全都合到我們的肚子裡」。

當我們看不見海時，是不可能變成海洋民族的，只可能形成島國心態，島國心態與海洋民族剛好是個對立面，海洋民族象徵了勇於冒險、視野寬闊以及天真浪漫，至於島國心態則是胸襟狹窄、眼光淺短且勇於內鬥，當我們被高高的堤防給擋住，看不見海，只能朝內看，因為島的資源有限，當然只能勇於內鬥爭搶那小小的餅，無法理解外面的世界是何等的廣大啊！

從這些年台灣媒體報導所呈現的瑣碎，充斥雞毛蒜皮大小的事，明星政治人物的口水之爭可以連續數天數週占據所有視聽焦點，不得不令人感慨，台灣真的變成了詩人陳克華曾經形容的：「整天只關心自己的肚臍眼，偶爾抬起頭悲情的責怪別人為什麼不來關心我的肚臍眼」這樣的井底之蛙心態。

建築學上有一句名言：「人塑造環境，環境塑造人。」也就是說，人有能力改變環境，人也有能力選擇環境，可是人一旦住進去之後，環境就回過頭來改變我們的思想，改變我們的個性，甚至改變我們的基因。

因此，假若想要塑造台灣的海洋文化，首先要讓老百姓從看得到海，可以親近海洋開始吧！

我們都欠瑞秋・卡森一份情

我身邊有幾本不同版本的《寂靜的春天》中文版，其中最早的版本是民國五十九年七月由大中國圖書公司印行的，離英文原版首刷在美國發行只相隔不到八年，以這個似乎冷門的主題及台灣當時資訊相對封閉的年代來說，是非常難得的事。

這些中文版隨著時代進展，在印刷上當然愈來愈精緻，翻譯也更加精確與流暢。我之所以會收集瑞秋・卡森在台灣的所有出版品與不同版本，純粹只是表達我個人對她的一點敬意。

總是覺得，不管是全世界哪一個國家的人，都欠了瑞秋・卡森一個人情。因為她對於大自然終生不渝的好奇，以及對萬物生命的關懷，瑞秋・卡森以溫柔卻堅定的努力，開創了全世界的環境保護運動潮流。

因為《寂靜的春天》，人類才真正看清楚，那些似乎無形無蹤的化學製品，會對自然生命造成莫大災難，而且會禍延子孫。因為這本書引起廣大的討論與影響，催生了人類第一次為了環境大規模上街遊行，一九七〇年的千萬人大遊行是世界地球日的開始，也催生了一九七二年第一屆聯合國環境與發展會議，有一百多個國家的代表齊聚瑞典，開啟了全世界各個國家在環境議題上共同合作的新紀元，催生了聯合國成立環境署，之後全世界各個國家也才陸陸續續地成立了主管環境的獨立部會。

瑞秋・卡森給世人的另個典範，是她寫的書，雖然有嚴謹的科學調查與知識，但是文筆生動有濃厚的詩意及自然文學的韻味，很容易影響與感動一般民眾。她說：「如果我談海洋的書有詩意，那不是我刻意注入詩情，而是因為真實地描述海洋時，沒有人能夠排除詩意。」她原本是海洋學家，快樂地過著研究、觀察與寫作的生活，寫了三本非常暢銷的海洋科普書，不過當她發現當時才發明沒多久、被全世界歡欣鼓舞所接受的農藥將會帶來的災難，於是花了四年時間調查研究，寫出了《寂靜的春天》，她說：「如果我沒有盡力而為，就再也不能快樂地傾聽一隻鶇鳥的歌唱。」這種民胞物與的使命感，是她一輩子努力的動力來源。

除了全世界的環境運動因為瑞秋・卡森而啟蒙之外，她在自然教育的推動上也有深遠的影響。以台灣推動環境教育著力最深的荒野保護協會來說，荒野所採用的自然教育理念，就是來自於她為甥外孫羅傑所寫的一篇文章〈幫助你的孩子感受驚奇〉（台灣曾經將這篇文章配上豐富圖片出版，名稱為「永遠的春天」）。

瑞秋・卡森曾祈禱：「假如我能向好心的仙女祈求一個願望，我希望她讓全世界孩子都能感受到神奇事物的能力，而且這種探索的好奇心能夠終生保有。」如何保持這種與生俱來的好奇心呢？這需要有大人培養他們，父母最好只是陪伴只是傾聽，不要著急地灌輸一大堆生硬的知識，最多只是鼓勵與引導，因為瑞秋・卡森提醒：「小孩如果要一直擁有他天生對自然的新奇感，那麼，至少要有一個能分享他新奇感的大人陪伴著，與他一起重新發掘世界的喜樂、驚異與神祕。」

這本出版超過半世紀的書，已成為人類共同擁有的寶藏與經典，書中的字字句句至今仍令人省思，甚至在書中最後一章開頭的這段話，仍是當頭棒喝：「我們正站在兩條路的分岔點上，而這兩條路並不相當，我們一直在走的路似乎很容易，但它的終點是個大災難。另一條路比較沒有人走，卻是抵達終點的最後一個機會，它可確保地球的安全。」

是的，兩條路在我們面前，每個時刻都是我們選擇的機會，如何透過每一天的消費選擇來改變世界？改善世界？這本書可以帶給我們信心與行動的力量。

可能做到零廢棄嗎？

《我家沒垃圾》這本書的封面照片是一個透明的小玻璃罐，裡面裝著一些花花綠綠的包裝紙，照片旁的說明是——這是我們全家一整年裡產生的垃圾。

住在美國加州的四口之家，這本書是他們力行垃圾減量的經驗與操作手冊。看到這個書名或這張相片，大概會有兩種反應，一種是：「哇！怎麼可能?!如何做到的?!」另一種就是：「這有什麼稀奇？反正大部分垃圾都可以回收再利用，我也可以做得到！」

的確，我們都太「依賴」回收來安撫我們的良心，催眠自己——「反正可以回收，就盡量用吧！」但是，作者不斷地提醒，回收絕對不是環境危機的正確解答，因為要支持複雜的回收系統能持續運作，需要消耗大量的能源，而且在這過程中會產生許多揮發性的有毒氣體或者溶解產生許多有毒液體，都會汙染我們的環境，而且大部分的回收品再利用，都是降級的產品，因為回收品中還是會摻雜無法輕易分離的化合物質，所以會影響再生產品的性能或品質。

另外也很有可能的是，號稱可以回收的東西，接受委託或承包的廠商，在降低成本的情況下，也許會把難處理的殘渣或無法再利用的剩餘材料，直接運到沒人的山谷或溪邊，直接傾倒或丟棄了事。

我也同意作者所說的：「可生物分解」或「可作堆肥」的塑膠，這些產品是回收的最大亂源，會混淆消費者與正規回收業者的觀念。因為那些所謂可生物分解的塑膠，其實很難真正被分解，或者也只是碎裂成「塑膠微粒」，跟其他塑膠燃燒後一樣，散播在空氣中變成PM2.5或者被海洋生物吃進去，然後透過食物鏈回到我們身上，變成環境賀爾蒙影響我們的內分泌系統或造成我們身體器官的慢性發炎。

若回收不是正解，那麼什麼才是達到零廢棄的正確方法?作者提出五個簡單步驟，以R開始的五個單字。

一、拒絕（Refuse），一開始就不要買或拿取不是真正需要的任何東西，尤其小心免費的或人家送你的東西。

二、減量（Reduce），減少你需要的，比如我們都需要穿衣服，但是我們需要那麼多只穿一兩次的衣服嗎？

三、重複使用（Reuse），我們已經購買的，就不斷地重複使用，直到它最大的極限。

四、回收（Recycle），當一樣東西是我們不能拒絕的必需品，當我們不斷重複使用到實在不堪使用或者以後再也用不著，也無法送給需要的人再使用時，就回收分解再製成新的東西。

五、分解（Rot），最後剩下的東西做成堆肥。包括廚餘，有超過三分之一的家庭廢棄物都是有機質，都可以做成堆肥，堆肥是大自然最原始的回收機制，能讓有機的廢棄物重新回歸地球上生生不息的物質循環。

在這五個步驟中，第一個步驟最重要，拒絕讓任何不需要的東西進入家裡，這個步驟說來簡單，但是要做到卻很難，有二個行動可以幫助我們覺察到我們慣性地購買與消費的習慣。

第一點是主動檢視我們自己過去的消費，可以從家裡任何一個房間做起，要訣就是，把所有的東西都搬出來，對每項東西都提出質疑。

比如以廚房為例，將廚櫃裡所有東西都拿出來後，經得起以下問題的考驗後才能放回去。

1. 我是否經常使用它？是否有重複的類似物品？
2. 是否有其他物品能代替它，達到相同功效？

3. 這類東西是否因為「別人都有」或一時衝動而買的？

4. 這東西值得花我寶貴的時間清理嗎？

5. 這東西值得占據家裡這個寶貴的空間嗎？

當我們能仔細檢視家裡的所有物品，並且經過以上五個問題的考驗，我們在以後的消費習慣也許就會改變，會選擇品質較好、耐用且可以維修的，而不是便宜、容易壞又無法維修反覆使用的物品。

第二個從源頭就讓東西不要進入家裡的好方法，就是不要看廣告，也不要逛商場，因為商人會用各種扣人心弦的行銷方法，引誘你一時昏了頭而買下這些可有可無的東西。

是的，生活中充滿太多可有可無的東西，或者用一次就不再會去用的東西（雖然我們會催眠自己，以後還會再用，但其實是再也不會有那心情或有那情境去用第二次或反覆使用。）

追求「零廢棄」的努力並不是為了環保，最終反而會讓我們的生活更快樂更有品質，因為它會讓我們不再追求「物質」而是著重在「體驗」，而且當我們擁有的物品愈少，就不用花力氣與心神去照顧它或賺錢去購買它，那麼我們才有時間做真正想要做的事情，改善生活品質。

東西少，我們生活就會愈來愈簡單，心靈也會愈來愈自在，體驗也能愈來愈深刻，這也是我們常說的，簡單就是豐富。

洋垃圾來襲下的省思

全世界各個國家出口的垃圾，有百分之七十來到中國，但是今年元月分起，中國禁止洋垃圾的進口，一批批原本要運到中國的廢棄物無法上岸，船已到了亞洲，只好轉運到包括台灣與馬來西亞……等亞洲各國，打亂全世界垃圾處理的體系，為什麼中國會突然有這樣的措施？居然是導因於一部紀錄片。

二〇一八年九月我包下某個戲院二百多個位子的場次，邀請我臉書的朋友以及荒野保護協會的志工一起看這部紀錄片——《塑料王國》，並且邀請這部影片的投資製片蔣顯斌一起出席這場試映會，並且之後王久良導演到台灣時在我主持的電視節目裡訪問他。

王久良導演在二〇一二年拍攝的《垃圾圍城》記錄北京城的第八環，也就是七道環城公路外的第八環垃圾將整個城市圍繞，這些垃圾是中國大陸本土產生的，而紀錄片也讓官方清除了垃圾，但是王導演再接再厲，拍攝了他的家鄉，堆積在山東的進口洋垃圾，剪接成的二十六分鐘短版影片在中國大陸瘋狂傳閱後，引起廣大迴響，結果影片被官方下架禁止播出，但是中國政府卻真的願意改善洋垃圾進口的問題，在去年底以維護生態環境以及民眾健康為理由，禁止洋垃圾的進口，結果這些中國不要的垃圾，居然今年起轉而入侵台灣，八月底《蘋果日報》連續幾天以全版的篇幅揭露這一消息後，迅速引起台灣民眾的關心！

《塑料王國》在戲院上映的一個半小時版本，跟在網路上流傳的二十六分鐘版本不同，除了環保議題之外，主要是以一個十一歲的彝族小女孩依姐為主，呈現了階級、種族，以及性別不平等的社會結構，看了非常心疼這位懂事的小女孩。

依姐的父母從四川偏遠的山區來到山東討生活，她和酗酒的父親及家人住在垃圾回收場裡，堆積如山的垃圾場就是她的遊戲場，用清洗垃圾的廢水洗頭，和弟妹們在汙染的河床上撈被毒死的小魚回家加菜。

十一歲了，她父親卻沒有錢送她上學，她也必須照顧弟弟妹妹，以及做家事，甚至跟著一起回收塑膠垃圾。

回收場基本上沒有任何先進機器或防護設備，他們從一貨櫃一貨櫃飄洋過海而來的洋垃圾裡撿取值得回收的塑膠垃圾，然後用最簡陋的工具加熱融化，製成一粒粒可以再利用的塑膠粒原料，至於無法再利用的垃圾就棄置在農地上，一把火燒掉。

他們應該知道塑膠產生惡臭的濃煙對身體不好，因為回收場老闆一直不敢去醫院檢查胸部背部出現的腫痛，而全都從事回收再製塑膠垃圾的整個村莊也是全中國癌症率最高的區域。

他們內心的恐懼是真實的，因為塑料不完全燃燒產生的就是有世紀之毒之稱的戴奧辛。據研究，燃燒廢棄物或是將廢棄物直接放流至水道中，造成的汙染和疾病的社會成本為每噸垃圾三百七十五美元。而若是要合法且盡量不造成環境汙染的垃圾處理成本為每噸五十到一百美元。

從這研究數據或許也可以得知，為何歐美擁有高科技處理系統的國家不處理自己的垃圾，反而飄洋過海，將垃圾「便宜」地賣給亞洲國家處理，美其名為循環經濟，資源回收，但實際上或許是轉嫁合法處理的高昂代價。

台灣的農地或偏遠的山谷或溪流，就經常發現被不肖廠商傾倒這些無法再利用的垃圾或有毒的廢棄物，這些大都是表面以合法廠商的殼子掩護非法的棄置行為，就像洋垃圾假藉循環經濟名義夾帶許多無法處理的垃圾傾倒至亞洲國家一樣。

比如說，政府硬性規定全台灣每個醫療院所必須將醫療廢棄物委託合格的廠商處理這些可能有傳染性的廢棄物。我的診所因為看診時間不多，產生的垃圾也很少，但依規定每星期廠商來收不到一公斤的一小袋垃圾，我就得花四、五百元台幣，可見得這些醫療廢棄物如果照規定處理，成本應該是很高的，但是如果不肖廠商收了錢卻將垃圾往山谷溪邊海中隨便一扔，他們就省下這些處理成本，將汙染轉嫁給全社會承擔。

根據二〇一六年的統計，全世界的垃圾有三十億噸，等於全世界每個人每天製造了七百四十公克的垃圾，而且這個數量還在持續不斷增加中，這些垃圾很大一部分是來自我們生活消費品的包裝，也包括我們習慣人手一杯隨手丟棄的飲料罐子，這些一次性使用的產品，是資源浪費最大禍首，也是空氣、水及海洋汙染的元凶。

也有研究發現，近年極端氣候的產生，包括海洋愈來愈熱，海面蒸氣增加，讓強烈颱風以及降大雨的機率都增加，而海洋增溫，禍首有部分也是來自於海洋的塑膠垃圾。

我們以前以為垃圾燒掉就沒事了，現在才知道，塑膠垃圾焚燒會產生PM2.5的粉塵，造成人類的心血管疾病以及癌症。那麼丟到海裡呢？海洋那麼大，一下子就稀釋掉，至少不在人的視線範圍。

不過我們今天知道了，當這些塑膠垃圾在潮水不斷撞擊以及陽光曝曬下，逐漸變脆以及不斷碎裂，一再分解愈來愈細碎，久而久之，也會變成直徑非常微小的塑膠微粒，不過，不管塑膠碎裂到多麼微小，它始終存在大海裡，永遠不會消失不見。

碎裂的塑膠變成塑膠微粒長期累積在大海中以及海洋生物體內，尚未變成塑膠微粒的垃圾，也很可能被大型的鳥類吃進去而威脅到牠們的生命。

生命源於海洋，海洋是孕育萬物的原鄉，廣闊浩瀚的大海讓我們誤以為是取之不盡用之不竭的資源，除此之外，我們也將不想要的垃圾往海裡倒，將毒物悄悄地排入海洋，以為我們看不見就沒有關係，但是這些東西不會真的不見，當我們從海洋裡捕撈魚貝類時，這些東西就進入我們的身體內。

《塑料王國》讓洋垃圾流竄在亞洲各國，變成這些國家民眾迫切的危機，但是，其實不管這些垃圾在哪個國家處理，人類都共有同一個天空，同一個海洋，我們都生活在同一個地球上，每個現在及未來的生命都會受這些垃圾影響，因此，從源頭減量，盡量不要製造垃圾，不購買一次性包裝的飲料或食品，是我們可以為自己的健康所做的一件重要的事。

卡珊德拉的痛苦

卡珊德拉是特洛伊戰爭時代的女巫，命運讓她有了預知未來的能力，但是天神卻又詛咒她，將沒有人會相信她的預言。

或許這就是身為先知的痛苦，當然，在這個時代，先知也許是化身為科學家、記者，或者關心社會的革命家或環保人士吧！面對即將來臨的災難大聲示警，卻沒有人相信或理睬，這種心理壓力與折磨，從古至今，不斷在人類文明的興盛與衰敗輪替裡，出現在先知們的喟嘆中！

我們都知道歷史學家的研究是為了讓現在的人從過去歷史獲得改變現在的啟示，但我們比較不容易察覺，描繪未來的科幻小說並不是為了預測未來，而是在防範現在。

這本《聽見地球心碎的聲音》就結合了過去與未來的特質，以三百多年後的歷史學家的觀點，回溯過去時代，也就是三百多年前，其實就是我們身處此時此刻的時代，來探討西方文明之所以滅絕的原因。

這樣的觀點與視角非常有趣也發人深省，因為人活在當下的世界裡，往往看不到整個時代的荒謬與愚蠢，就像幾年前美國有一部紀錄片《愚蠢年代》，就以五十年後劫後餘生的人類回顧二十一世紀初的人類社會，丟出一個問題：「為什麼徵兆那麼明顯，解決方案也有，但是為什麼不行動？眼睜睜地看著人類文明的崩壞？」

是的，當我們有機會的時候，為什麼我們不拯救自己？

這本書就是以未來的歷史學家的專業素養，來回答這個問題。

其實全球暖化氣候變遷會造成的影響，全世界每個有影響力的人都知道，但是若是大多數的選民沒有將環境問題當成重大事件，那麼就不會有政治人物會把環境問題列為優先順序。大部分的人，包括所有的政治人物、媒體與公共論壇都著眼於眼前的短期效益。再加上民主制度以及資本經濟市場使然，四年一次的選舉，三個月公布一次的企業財務報表及股價漲跌，這一切都鼓勵了所有人避談重要議題，並且遲遲不做真正困難的選擇。

這的確是困難的。當我們已經習慣一種方便且舒適的生活方式時，要改變非常困難，尤其在我們還沒有遇到緊急危難的情況時。

人類的思維通常是以一種線性邏輯的推理在進行，簡單講，也就是「昨天如此，今天如此，明天也就會如此」的理性預估。但是生態系生物演替衰變的真實情況，卻是以

「有限環境裡的非線性關係」來呈現，存在著臨界點。當前天是如此，昨天是如此，今天也是如此的樂觀線性成長，一旦到了某一個臨界點時，再來的明天就是崩潰或滅絕。

甚至我敢說，以一個較大範圍、較長時間來看，所有生命現象，所有大大小小的生態系，小至一個培養皿裡的細菌生態系，大至非洲草原羚羊的數量曲線，乃至於人類古代文明的興盛與毀滅，都是遵循著「不斷成長↓臨界點↓崩潰」的模式在進行。

若不細究生態環環相扣、相互影響，當我們很樂觀地自滿於「不斷成長，不斷改善生活，不斷追求更多、更好」的無限榮景時，忽然間，我們便會面臨到崩壞的「明天」。我們以為巨大的變革在一瞬間發生，但其實早已有很多徵兆。

二十一世紀初，大概是人類有史以來擁有最豐盛物質享受的一代了，但是這樣的繁榮，會不會是「迴光返照」？歷史告訴我們，幾乎所有文明的崩毀，都是在社會昌盛繁榮到頂點之後急轉直下，走向衰亡。

可嘆的是，人類往往無法記取歷史教訓，面對卡珊德拉般的警告，反而會譏笑是否危言聳聽，畢竟大賣場裡堆滿了便宜的貨品，草地還是綠油油的，一轉開水龍頭就有潔淨的水流出；不管從人類平均壽命、健康和財富所有指標來看，我們這個世代是人類有史以來狀況最好的階段了，說什麼人類社會即將崩壞，豈不是杞人憂天？

相傳明末清初流寇張獻忠在四川大屠殺後，留下了一個七殺碑：「天地萬物以養人，人無一德以報天，殺殺殺殺殺殺殺！」

數百年後，在美國好萊塢大賣座的科幻片《駭客任務》中，基努·李維大戰電腦人，電腦人這麼控訴著人類：「地球每個生物都會本能地和四周環境保持平衡的關係，只有人類並非如此。你們每到一地，便大量繁殖，直到耗盡所有自然資源。你們唯一的存活之道，便是遷移他處。人類是一種疾病，這個星球的癌症，你們是瘟疫，而我們是解藥。」

電腦人的嘲笑，以整個地球生態來看，乍看誇張，但是仔細想想，卻不得不承認，人類的繁衍正如病毒一樣，沒有節制機制且傷及母體。

的確，所有生物的存活與死亡，都與其他生物緊密依存，來自於大地，沒有一個物種在短短數百年的一瞬間（以地球生命而言，數百年真的是一瞬間），就造成數以萬計其他物種的滅亡，並且即將危及整個地球的生態平衡。

地球演化數千萬年才產生數百萬種豐富多樣的生物，在幾十年間就喪失大半，從地質年代的長時間來看，我們現在就正處在生物大滅絕的一瞬間，這個生物，最後當然也包括人類了。

明天過後，我們還有多少個明天？

希望這本《聽見地球心碎的聲音》可以給我們每個人行動的決心，願意改變生活習慣，願意給政客們壓力，願意祈禱——祈禱我們有改變的力量，就讓我們一邊祈禱，一邊行動吧。

零碳人的溫柔革命
——《環保一年不會死！》的有趣生活實驗

我覺得每個認為自己是關心環境問題的人，或者會為人類的未來憂心的人，都必須看這本書。請放心，作者柯林．貝文不是個激進的環保聖戰士，也不是滿口數據讓我們充滿道德壓力的環保專家，這是一本非常精采好看的書，最重要的是，在哈哈大笑拍案叫絕之餘，我們真的會在生活中做一些改變，不是被迫的，而是從作者的實驗中獲得的信心。

作者住在全世界最資本主義，物質消費最鼎盛的紐約市中心，而不是遠離紅塵的郊區曠野中，他花了一年的時間實驗是否可以過著盡量不傷害地球的生活，比如不製造出任何垃圾、只吃在地東西、不買新物品、不用電、不用衛生紙……等等，幫我們重新省視那些我們早已視為理所當然，卻會在生產及使用過程中破壞地球的便利品，到底有多少必要性？我們消費的物品有多少真正帶給我們快樂，又有多少只會讓我們成為金錢的奴隸，甚至導致心靈的空虛？

令我印象最深刻的一點是當他們家不再用電，所以全家人多了很多到戶外大自然裡的活動或者與朋友度過美好時光的機會，當然，晚上家裡點蠟燭除了有氣氛之外，也能專心陪伴孩子，彼此分享及心靈的互動。

紐約可以算是物質文明的代表，同時在全球化運輸體系下，商品的包裝是個人垃圾最大來源，如何不製造出垃圾恐怕是都市人困難的挑戰，就像作者說的「對披薩的渴望並不是問題，它被裝在紙盤裡才是問題」，就像我們一坐進速食店，沒多久就會被垃圾包圍起來，首先是紙餐墊和餐巾紙，接著是吸管和吸管套，裝飲料的杯子……等等。有時候不是我們想不想要，而是整個系統用什麼方式提供那些我們需要的東西。因此，我很佩服作者居然可以在紐約做到零垃圾的生活，當然，他是冒著被別人視為瘋子的危險！

這是個顛倒的世界，所謂的正常，其實是完全瘋了，就像我們習慣從住家開車搭車然後坐電梯到冷氣空調的健身中心，然後花錢在跑步機上走路流汗。

作者不是基本教義派的環保聖戰士，只是有一天他忽然發現他關心環境，關心未來，但是總是在指責別人，希望改變世界，卻從來沒有想到要改變自己，他花太多力氣鄙視別人做得不夠多，卻允許自己得過且過，抱怨連連，卻繼續過每天的生活。這個驚醒與覺悟，是這個實驗的來源，這種從自己做起的改變，正是荒野保護協會這些年來所信仰的「溫柔革命」！

這些年來，總是覺得環境運動最大的困境其實是在「環境保護」成為普世價值之後。在以前，關心環境的伙伴不管是為哪一個議題或哪些理念在努力時，總是透過各種數據資料，用各種方式來說服不同意見的人，期望這些人被我們說服時，情況就會有所不同，環境就會有所改善。

可是到了二十一世紀的今天，幾乎每個人都同意環境保護很重要，可是當你要說的一切他們也都同意時，我們還能夠再「說」些什麼嗎？當我們不需要「說服」（也無從說服起，因為他們全部同意你）任何人時，環境還是在快速惡化中，這就是我所說的環境運動的困境。

同時，這些年重要的環境議題，甚至牽涉到我們這個文明能不能永續下去的關鍵，是全球暖化導致的氣候變遷，以及因為經濟全球化導致的自然資源快速耗損。這些挑戰跟早年環保團體所著力的保護某個森林、某條溪流或某個物種完全不同。過去我們對抗的是具體的單位，可以明確地施壓戰鬥。但是今天我們面對的敵人不是別人，而是我們自己，我們的生活習慣，我們的價值觀。

一般所謂的革命，通常是以為自己掌握了真理，然後會以強烈的態度指正別人，推到極致，甚至會以強大的壓力甚至暴力來達其所願。但是溫柔的革命剛好相反，是從自己改變做起，透過尊重與包容，甚至留有空間來等待，讓周邊的人因為親眼所見而改變。常會覺得，這種內心的感動，才是真正且持久的力量。

當作者一年的實驗快結束時，因為媒體的廣泛報導，使得他有機會到各大學或社區分享如何過低碳的生活時，有人問他：「若是你只能做一件事時，你會選擇做哪一件事？」

作者回答：「加入環保團體！」

不管是捐款支持或到環保團體當志工，這的確是我們為環境與後代子孫可以做的第一件事！

尋找環境運動的曙光
——《生態心理學》新版讀後

二〇一六年底美國總統大選後，全世界關心環境的朋友，內心應該都五味雜陳，甚至是忐忑不安。

因為美國總統川普從他競選時對全球暖化氣候變遷的證據嗤之以鼻，當選後又任命素來對環境保護非常不友善的大商人擔任部會首長，他的言行除了讓全球的有識之士驚愕地說不出話來之餘，不禁讓人反省，環境運動與環境教育數十年來，對全世界的發展究竟有沒有發揮作用？為何在人類文明面對抉擇的十字路口時，會有這麼令人不解的頓挫？而且這些完全違反多年來環運人士理念的競選言論，儼然成為社會主流？不然川普怎麼會當選？

這世界究竟出了什麼事？

我想一方面來自於恐懼，因為全球化競爭與社會典範轉移，許多人面對失業的恐懼與物質生活匱乏的擔心，使得人們無心思考數十年後的問題。

另一方面是人的慣性思考，認為環境問題是假議題，環保人士喊了那麼多年狼來了，可是什麼事也沒發生，至今每個人不是活得好好的。

其實，時代的變化，通常是漸漸的，一些微小的、片段的、零碎的改變，可是，突然之間，一切都不一樣了，原先似乎龐大堅固的結構就土崩瓦解，然後再也回不到過去了。

真實世界的進展，往往不是線性的，而是曲線，存在所謂臨界點或崩潰點，這對我們習於「昨天是如此，今天還好，所以明天也應該還可以」的線性思維，是很難理解的。

環境問題，往往是非線性的複雜系統，尤其是大氣和海洋生態，都是非常複雜的系統，也是「非線性」的系統。所謂非線性就是你對這個系統施以某一程度的改變時，它的反應不會和你施加的力量成比例的反應，換句話說，有時候只有一點點改變卻產生很大反應，有時給它非常大的力量，它反而沒有多少反應，甚至會和原先預期的方向相反。

這種非線性的系統，是因為有太多正回饋與負回饋互相的干擾消長，很不容易去預測，因此，在全球暖化的研究與觀察中，可以看到許多矛盾的數據或現象，因此也會落入「數據會說話沒錯，但是一個聰明的科學家會讓數據說他想要說的話」這樣的陷阱。

對於「懷疑論者」而言，我想重提在一九八〇年代歐洲因環境議題論戰所發展的觀念「預防原則」。

所謂預防原則就是指面對環境議題時，即使科學證據還沒有得到百分之百肯定的因果關係，就應該採取行動。因為歷史告訴我們，對於環境危機，一旦發展到十分肯定「就是這個罪魁禍首」時，往往情況已糟糕到無法挽救的地步。

再以通俗一點的方式來講，我們搭飛機買保險，顯然不是因為「確定它一定會失事」，所以我才花錢買保險，而是只要有會發生的可能風險，就會付出一定的代價來預防吧！

另外一個因素，也就是人類內心的恐懼與不安，可以用一九九二年在巴西里約熱內盧舉行的地球高峰會議中，美國前副總統高爾（當時他擔任參議員）曾經說了一段話：

「什麼地方，人的精神被踐踏了，生態環境便蒙災難；
什麼地方，人感到無力時，生態環境便蒙災難；
什麼地方，人活著感受不出生命的意義和目的時，生態環境便蒙災難。
換句話說，人蒙受痛苦時，生態環境便蒙受痛苦。」

的確是如此，人若是身心靈都健康了，環境就會健康。

因此，要說服民眾，願意正視環境問題，願意為了將來而改變現在的生活習慣，我想，一定要從解決人心裡的不安來著手。

尤其近代物質文明的高度發展，阻隔了人與自然生命的互動，甚至人與人的互動也在電子訊息虛擬世界中變質，這種與真實世界的疏離沒有改善的話，很難真正改變自己，進而採取對周遭環境友善的行動。

從川普的當選，以及美國廣大民眾不承認氣候變遷的事實，更凸顯了生態心理學的重要，因為只有療癒了人類的心靈，才會為復育地球採取長久且有效的行動。

《生態心理學》第一版是二〇一〇年由荒野保護協會翻譯出版，提供帶領民眾接近大自然的荒野志工作為進修與學習之用，幾年後與心靈工坊出版社合作，修訂改版，讓關心環境的廣大民眾有機會看到這本非常重要的著作，這本書或許是環境運動遭遇迷霧中，前方的一線曙光，也盼望大家閱讀之餘，能起身接近大自然，療癒自己，也復育萬物眾生。

現代社會裡的三位一體
——《看不見的力量》

當我們習慣以特定方式來看待某些事物時，就很難想像它會是另一種模樣，這也就是我們身處世界之中，每天在成千上萬的訊息轟炸之下，我們卻看不見真實世界的原因。畢竟，我們所知限制了我們所見的，而我們所見的又限制了我們可以理解的東西。《看不見的力量》從另一個角度為我們揭開了世界的真實面貌，這也是一本有關於我們這個世界的過去、現在與未來的書，保羅．霍肯透視了消費時代裡商業與行銷構築出的迷霧，讓我們發現即將改變世界的看不見的力量，不只安撫了焦慮徬徨的現代人，也指出了我們每個人可以發揮的影響力與努力的方向。

在看這本書之前，關心環境與世界發展的人，或許常會覺得，要樂觀非常不容易。因為我們知道每一分鐘就有六個人死於愛滋病，四個人死於結核病，兩個兒童死於瘧疾，每一年有一千四百萬人死於很容易治療的傳染病。我們也知道在連鎖咖啡店點一杯咖啡，農民獲得的利潤竟然不到這杯咖啡的百分之一；在南非種甘蔗的農民買不起糖，非洲的馬利雖然有六百多萬頭乳牛，每年卻必須被迫輸入九千噸奶粉；我們也知道只要每年一百三十億美元，就可以讓全世界的孩子得到基本健康及營養照顧，每年挽救近千萬因病死亡的兒童，但是美國和歐洲單單每年花在養寵物的食物上的花費就超過一百七十億美元；聯合國維和部隊每花一美元，就有國家花二千美元來製造戰爭，而具有否決權的聯合國常務理事國剛好就都是世界上最大的軍火商；除此之外，還有迫在眉睫的全球暖化與自然資源耗損的危機。

面對這麼多的問題，若依我們過去傳統的管理思維，會認為只有架構一個強而有力的組織或聯盟，提出一種偉大的論述，發動一場大規模的運動，甚至革命，才得以解決，可是，事實上在愈來愈複雜的世界裡，幾乎無法以單一的行動來處理不同區域的問題。

《看不見的力量》這本書透過詳細的研究與完整的論述，包括實地的拜訪與觀察，發現有一股龐大的力量正在形成與改變著世界，這一股看不見的力量就是被低估的公民社會的力量，這些數以百萬計的公益團體、非營利組織，是人類歷史上最大規模的運動，沒有人知道確實的範圍與影響力，他們的運作方式也不是已習於企管與中央集權組織分工的主流社會所能想像，因為沒有領導者與具體訴求，所以就無法被命名，以商業而言，不能被測量，就無法被管理，從媒體來說，看不到，就無法被報導。

這些公益團體所形成的運動與過去人類歷史發生過的種種革命並不相同，因為公益團體凝聚的核心是理念，不是意識型態。作者詳細分析了兩者的不同，理念是質疑和解放，意識型態是壟斷與支配，試圖建立一種簡單黑白分明的世界，強調忠誠，厭惡多樣性，不喜歡開放與民主。

一個以理念為核心的公益團體，最能夠因應這個複雜多變的現代社會裡需要的彈性，在這種相對於主流社會中集權管理系統的分權組織裡，沒有明確的領導人，沒有階級制度，也沒有發號施令的總部，即便有領導人出現，這個人也沒有權力來支配別人，他頂多透過以身作則來影響他人。作者形容這種透過理念形成的運動像原子一般，是一小片一小片零零散散集合起來的，它形成、消散然後迅速再集結，沒有中央領導、命令或控制。這種無名的運動努力分散權力的集中，不去宰制。透過聽證，提供資訊和聚會，它能搞垮政府、公司和領導人。這些年，網際網路、電子郵件與手機行動通訊，每個地方的人都可以透過資訊科技參與這些運動，彼此不必認識不必一起工作，也不管彼此的政治立場或宗教、財富有何不同，只要理念與目標相同就可以將力量匯聚起來。是的，這些看不見的力量就在於理念而不是有形的武力。

以政治與商業角度來看，這些公益團體的規模都非常小，甚至小到似乎很可笑，但是如同作者所講的，對於被他們鎖定的對象而言，他們一點都不好笑。的確，從我參與環保運動十多年的經驗裡，已經看到無數個小螞蟻扳倒巨象的例子。這些公益團體的行動者往往他必須自己想出辦法，並且將這個方法傳播出去，同時教導更多的志工，是集「學習、行動、教導」的現代社會裡的「三位一體」。

因此，雖然人類社會目前面臨的問題的確嚴重，但是由於這些看不見的力量，我還是很樂觀的，只要有更多人了解一個人也可以發揮自己的力量，透過網路串聯與理念散播的力量，就近解決自己周遭環境的問題，這些似乎很微小的在地行動，正是看不見的力量的來源。

神奇壯麗觀的動物大遷徙

這幾年朋友們在台灣各地以蝸牛的腳步旅行，間或會探訪各國世界自然遺產，因此大夥對非洲肯亞與坦尚尼亞間的動物大遷徙很有興趣，尤其最近這兩年聽已去過的朋友談到，因為全球暖化的關係，動物遷徙的數量與日期變得比較不確定，這又讓我們更心動了，希望趁這個神奇的自然現象未消失前能到現場親眼目睹，同時因為路途遙遠又旅途顛簸，年輕體力好時比較不累。

就在蒐集資料時想起台灣曾經翻譯過的一本書，由生態紀錄片導演所寫的大遷徙。長期以來，英國廣播公司（ＢＢＣ）拍攝的自然生態紀錄片，總是非常精采又深入，這除了他們有相當充裕的製作經費支持外，也擁有一批非常專業又具使命感，甚至可以說是狂熱的工作團隊的緣故。

不過觀眾在電影頻道上，不管是花二十多分鐘或四十多分鐘，很快地看完令人瞠目結舌的紀錄片，不管是非常神奇，或者令人驚歎的壯觀，還是複雜豐富得令人感動，當關掉電視或轉換頻道後，其他節目的絢爛的聲光影像立刻取代了剛剛的感受，其實是有點可惜的，甚至還會導致幾個副作用，首先會認為地球還是這麼豐富充滿生命力，那些環保人士所呼籲的什麼物種滅絕，大概是杞人憂天了！另外也是荒野保護協會志工們帶領民眾接近大自然會產生的困擾——那些常看生態紀錄片，見多識廣的朋友反而會產生很大的挫折感：怎麼在森林裡觀察大半天，什麼事都沒發生?!那些影片中的「精采」鏡頭怎麼都看不到呢？

這本書的作者們，也就是實際拍攝影片的工作團隊，很誠實且誠懇地記錄下他們在拍攝過程遭遇的困難，影片二十秒的畫面也許是他們得在酷熱的沙漠或極冷的海中守候好幾個星期才出現的，而且，更重要的，他們讓我們了解到，大自然的確是神奇、壯觀，而且又物種豐富沒錯，可是，生物的數量與密度不如一般人想像中的多，甚至脆弱得隨時處在滅絕的危機中。

他們記錄了幾個大自然裡大規模的循環現象，有非洲沙漠中定期的河水大氾濫，也有北美洲浮游生物大量繁殖形式的大饗宴，以及人們常常在影片中看到草原上數千隻羚羊的集體大遷徙。

這些現象都是地球的物種在漫長時光演化過程中，配合著地形與氣候，以食物鏈關係所形成的複雜關係。可是若只從影片來看，會覺得很熱鬧，而且我們會感覺到，似乎離開我們生活的都市，自然荒野裡充滿了如此的景觀。幸好有這本書的出版，讓更多的文字來帶領我們思考，這些自然界大變化所依賴的平衡，也許即將被人類所破壞，物種也將隨之絕滅。

其實根據二〇一一年二月，國際上最權威的雜誌《自然》期刊刊登的研究報告指出，人類可能已經引發了地球第六次物種大滅絕。地球在過去五億多年裡發生過五次物種大滅絕，但是這五次主要都來自於天然或意外（隕石）事件，如今這次大滅絕的原因卻來自於人類直接（汙染、過度獵捕或活動範圍擴增侵蝕了物種的棲息地）或間接（化石燃料產生溫室效應造成全球氣候變遷）的影響。

一般而言，物種的演化需要漫長的時間，整個地球原本就一直在變動中，但是這些變動基本上都是以數十萬年或數百萬年的速度遞變，維持著動態平衡，可是人類的出現，尤其在發明農耕技術之後，乃至於近百年的工業文明的急遽發展，才大規模地一舉改變了地球的面貌與平衡。而且因為變化速度太快了，物種來不及演化出因應的存活之道，難免遭到滅絕的結果。

一旦大部分的物種滅絕了，人類其實也很難在這個生命彼此都休戚與共的地球上獨活。

我們讚歎生命的奧妙之餘，必須正視人類的責任，並且為地球的物種永續勇於付出行動。

九　歌　文　庫　　1317

走在山海河間的沉思

國家圖書館出版品預行編目（CIP）資料

走在山海河間的沉思／李偉文著 .
-- 臺北市 : 九歌 , 2019.11
面； 公分 . -- (九歌文庫 ; 1317)
ISBN 978-986-450-266-0(平裝)

863.55　　108016718

作　　者——李偉文
責任編輯——張晶惠
創 辦 人——蔡文甫
發 行 人——蔡澤玉
出　　版——九歌出版社有限公司
台北市 105 八德路 3 段 12 巷 57 弄 40 號
電話／02-25776564・傳真／02-25789205
郵政劃撥／0112295-1

九歌文學網　www.chiuko.com.tw

印　　刷——前進彩藝有限公司
法律顧問——龍躍天律師 ・ 蕭雄淋律師 ・ 董安丹律師
初　　版——2019 年 11 月
定　　價——350 元
書　　號——F1317
I S B N——978-986-450-266-0 （平裝）